明治大学教授
齋藤 孝

源氏物語に学ぶ美しい日本語

ビジネス社

はじめに――『源氏物語』は日本の宝

『源氏物語』は不思議な作品です。

作者は紫式部（むらさきしきぶ）、主人公は光源氏（ひかるげんじ）だということは、おそらくほとんどの方がご存じでしょう。あるいは、平安時代から1000年以上読み継がれてきた、「世界最古の文学作品」とされているのも、どこかで聞いたことがあると思います。

ところが、これほど有名な作品であるにもかかわらず、具体的にどんなスタートで、どんな展開があり、どんな名シーン、名ゼリフが描き込まれ、そして、どんな結末を迎えるのか。「こうしたことを知っていますか？」と聞かれて、自信をもって「はい！」と答えられる人は、おそらくかなり少ないのではないでしょうか。

もちろん、古文というハードルを越えるのが一苦労というのはわかります。

それにしても、まったく中身に接しないままというのは、私から言わせれば「本当にもったいない」のひと言。

なぜなら、『源氏物語』は、恋愛や権力争い、家族関係、ときにはお金、そして何より人生をどう生きるかといった、一つひとつでも十分1冊のテーマになり得ることがすべて詰め込ま

れた、**奇跡の作品、日本の宝**だからです。

せっかく日本に生まれてきたのですから、この機会に是非とも『源氏物語』の世界に触れてほしい。そう強く願って、この本を書きました。

本書のテーマは、タイトルにあるように、『源氏物語』にちりばめられた美しい日本語を、ストーリーを追いながら学んでいこうというもの。ただし、古文の勉強をしよう、やり直そうというものではありません。

現在も使われている言葉、あるいは、そのルーツになった言い回し、そして、改めて見直して使ってみたい教養あふれる「やまとことば」等々を原文からピックアップし、ストーリーとともに解説しています。

古文は、意味をわかったうえで原文を読むほうが、ストレスが少ないので、訳文を先、原文をあとにしました。紫式部による原文のよさを、ぜひ味わってください。

さらに、54巻それぞれの読みどころ、あらすじ説明、そして言葉に関する補足解説も盛り込みました。

もちろん、暗記する必要などありません。

どう使うかは、皆さん次第。とりあえず、教養として最低限押さえておきたい。メールの文面に、もうちょっと重みをつけたい。いま使ったら、意外とカッコいい言葉に出会いたい。受験や学校の勉強の足しにしたい。

入り口は、どこからでもかまいません。『源氏物語』という、まさに富士山のような壮大で美しい山に、どんな光り輝く言葉が眠っているのか、皆さんの目で確かめていただけたら、それだけで、いち源氏物語ファンとして望外の喜びです。

では、これから一緒に、平安のきらびやかな世界を、探索していきましょう。

※「2」〜「52」の左ページに入っている記号は、『源氏物語』の各巻をテーマにした、香道の「組香」の一種です。

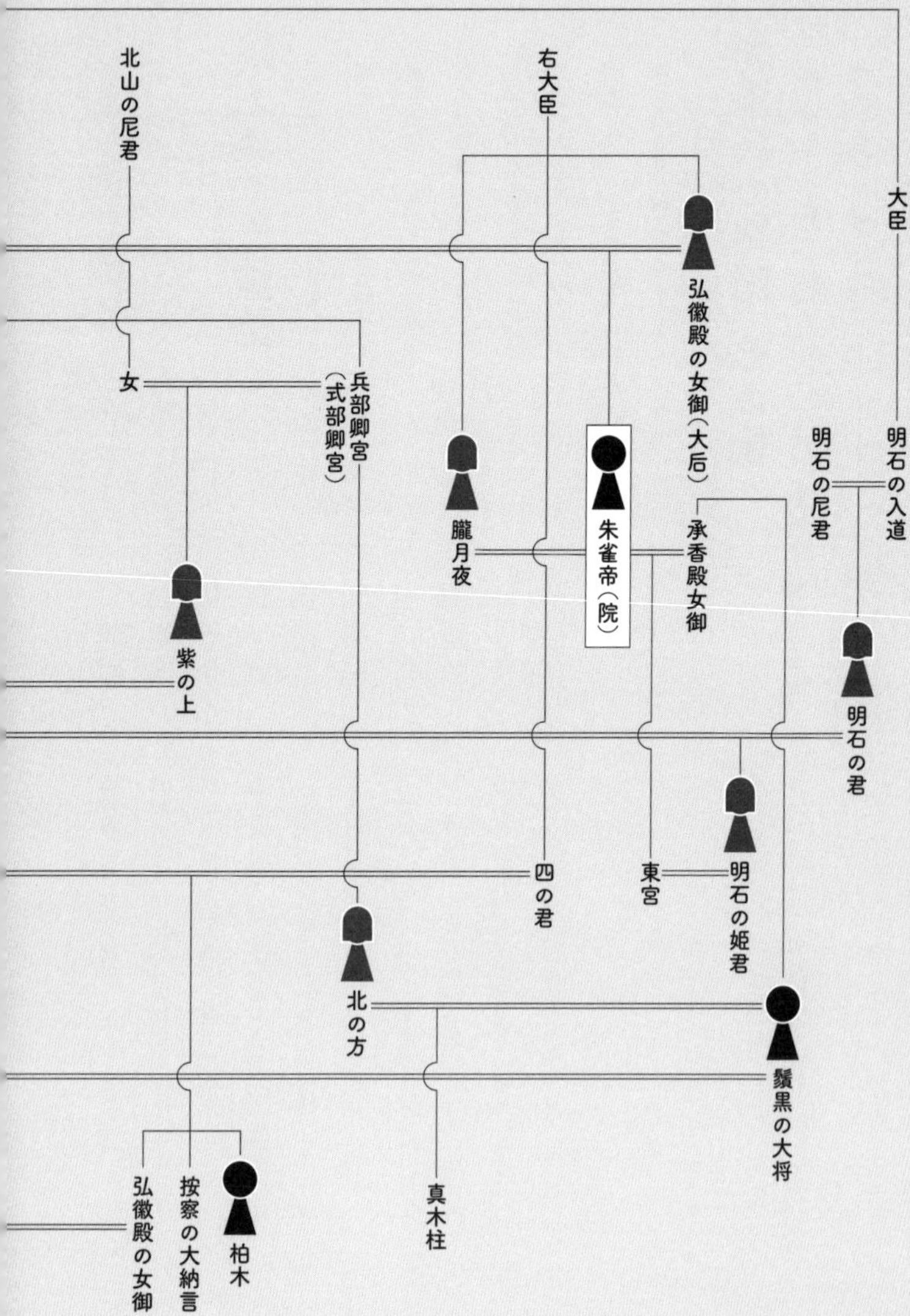
大臣
明石の入道
明石の尼君
明石の君
右大臣
弘徽殿の女御（大后）
朱雀帝（院）
承香殿女御
朧月夜
四の君
東宮
明石の姫君
鬚黒の大将
北の方
真木柱
北山の尼君
女
兵部卿宮（式部卿宮）
紫の上
按察の大納言
柏木
弘徽殿の女御

第1部

光源氏の恋と成長

（1桐壺～33藤裏葉）

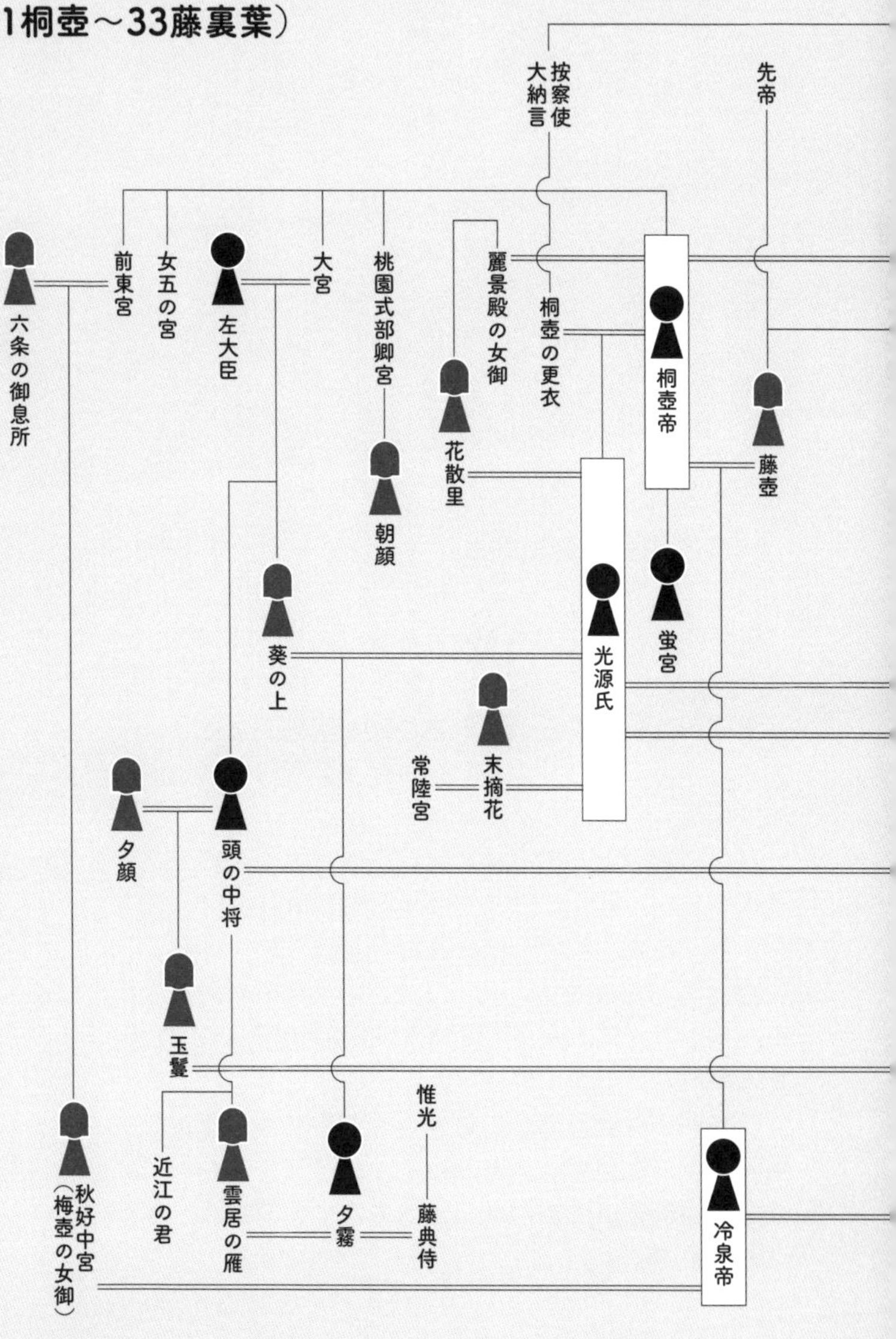

1 桐壺

宮中は嫉妬の嵐

あらすじ

高貴な身分ではない桐壺の更衣は、ときの桐壺帝からの寵愛を一身に受けていたため、帝の最初の妃、弘徽殿の女御たちから激しい嫉妬を受けていました。そんななか、美しい皇子（光源氏）を生み、ますます格別の扱いを受ける一方、妃たちからの妬みはより激しくなり、ついに身心ともに衰弱。戻った実家で亡くなりました。このとき、皇子はわずか3歳。

桐壺の死を嘆いていた帝でしたが、新しく藤壺（先帝の第四皇女）を妃に迎えました。すると、亡き母、桐壺の更衣にそっくりで、はっとするような美しさを放つ藤壺を、源氏は恋い慕うようになります。やがて源氏は12歳で元服し、葵の上（左大臣の娘）と結婚。しかし、源氏は葵の上に親しみが持てず、次第に藤壺への想いを募らせていったのです。

主な登場人物

光源氏 1〜12歳

桐壺帝 ？歳

桐壺の更衣 ？歳

藤壺 6〜17歳

齋藤流物語のポイント

『源氏物語』は全54帖からなる大作です。その第1巻は次ページに掲載した最初の一文で始まります。**この文章だけでも声に出して読んでみてください**。流れるような日本語で非常にきれいですね。

源氏の実母で、美しさゆえに、さまざまないじめにあい、若くして亡くなった桐壺の更衣。

一方、将来を案ずる帝が高麗（朝鮮王朝）の人相占いに将来を占わせたところ、「帝の相だが、実際にそうなると国が乱れる」と言われ、皇族から臣下に降下させられた源氏。

母と息子の生と死が交錯するところから**嫉妬、権力争い、恋のさや当て、雅やかな慣習、そして美しい色合いに彩られた世界最古の文学作品が始まる**のです。

この日本語に注目！

訳文↓どの帝の治世であったか、女御や更衣が大勢仕えていたなかに、とても高貴な身分というわけではないにもかかわらず、際だって帝の寵愛を受けている方がいた。

いづれの御時にか、女御・更衣あまた侍ひ給ひける中に、**いと**
やんごとなき際にはあらぬが、すぐれて**時めき**給ふ、ありけり。

訳文↓この世のものとは思えない、気品ある美しい男の子（源氏）が生まれた。

世になく**清ら**かなる玉の男御子さへ生まれ給ひぬ。

訳文↓（源氏の兄は源氏の）つややかな美しさに、到底並ぶものではない

この御**匂ひ**には並び給ふべくもあらざり

訳文↓（藤壺は）たいそう若くかわいらしいのに、恥ずかしさでしきりに身を隠すけれど、自然と源氏が見かけることもあった。

いと若う美しげにて、**切**に隠れ給へど、おのづから漏り見奉る。

いと：とても、たいそう

やんごとなし：身分の高い、高貴な。「止むことなし」が一語化したものです。他にも「やむを得ない」といった意味があります

時めき：寵愛を受ける

清ら：輝くような美しさ

匂ふ：つややかで美しい

切：ひたすら、しきり

あはれ：しみじみとした思い。ここでは、源氏が藤壺に心が惹かれていくさまを表現しています

な～そ：軽い禁止を表す。だから「な疎み給ひそ」で「よそよそしくしないで」という意味になるんですね

疎む：よそよそしくする

訳文↓（源氏は）母の面影すら記憶にないが、「実によく似ています」と侍女が言うので、幼心にとても慕わしいと思った

母御息所も、影だにおぼえ給はぬを、「いとよう似給へり」と、内侍のすけの聞こえけるを、若き御心地に、いと**あはれ**、と思ひきこえ給ひて

訳文↓（帝が藤壺に向かって）「若君（源氏）によそよそしくしないでおくれよ。私も不思議なくらい、あなたが若君の亡き母のような気がしてならない。無礼だと思わず、可愛がってやってくれ」

「**な疎み**給ひ**そ**。怪しくよそへ聞こえつべき心地なむする。**なめし**とおぼさで**らうたし**く給へ」

訳文↓源氏は子ども心にも、ちょっとした花や紅葉を藤壺に贈っては、自分の愛情を示していた。

幼心地にも、**はかなき**花紅葉につけても、**心ざし**を見え奉る。

なめし：無礼だ

らうたし：かわいらしい、いとおしい。この言葉、『源氏物語』にとてもよく出てきます。いまは何に対しても「かわいい！」と言う傾向がありますが、当時は基本的に女性か子どもに対して使われていました

はかなし：ちょっとしたことだ、幼い。「むなしい」という現代と同じ意味でも使われていました

心ざし：愛情、お礼の贈り物。現代の「志」と一緒です。いまでも贈り物、お礼を「ほんの志ですが」などと言いますよね

天皇・上皇の住まいとは？

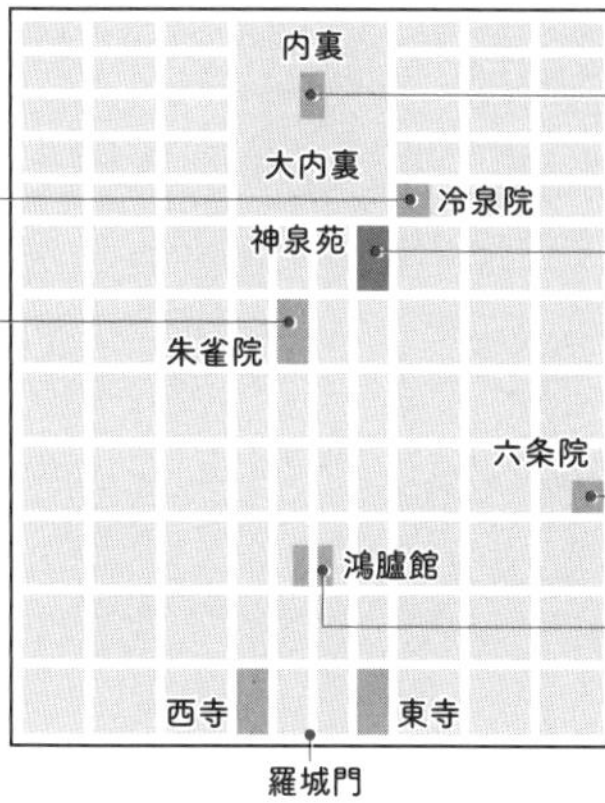

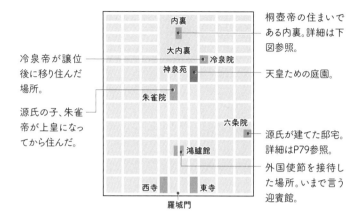

桐壺帝の住まいである内裏。詳細は下図参照。

冷泉帝が譲位後に移り住んだ場所。

天皇ための庭園。

源氏の子、朱雀帝が上皇になってから住んだ。

源氏が建てた邸宅。詳細はP79参照。

外国使節を接待した場所。いまで言う迎賓館。

内裏と後宮の様子

内裏は平安京にあった「皇居」のこと。
妃たちは北側にある七殿五舎（しちでんごしゃ）に住みました。その総称が「後宮（こうきゅう）」です。

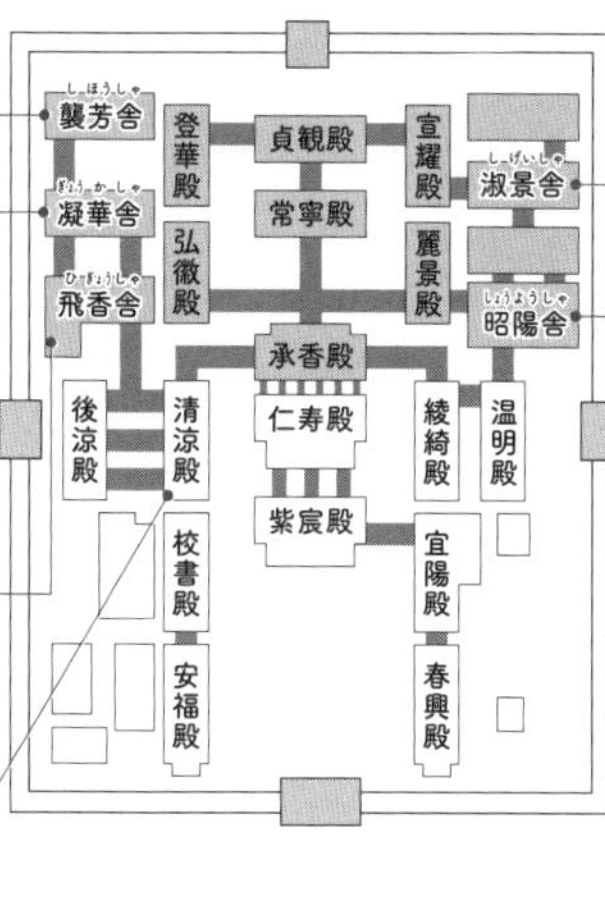

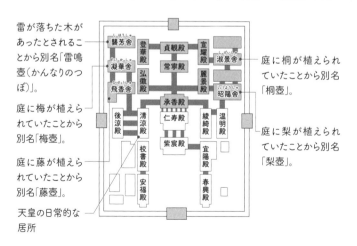

雷が落ちた木があったとされることから別名「雷鳴壺（かんなりのつぼ）」。

庭に桐が植えられていたことから別名「桐壺」。

庭に梅が植えられていたことから別名「梅壺」。

庭に梨が植えられていたことから別名「梨壺」。

庭に藤が植えられていたことから別名「藤壺」。

天皇の日常的な居所

2 帚木（ははきぎ）

高貴な人の下世話な女性談義

主な登場人物

源氏 17歳
藤壺 22歳
葵の上 21歳
空蝉 ？歳

あらすじ

五月雨の降り続く夜に親友で正妻、葵の上の兄でもある頭の中将や、左馬の頭と藤式部の丞も加わり、女性談議に花を咲かせます。いわゆる「雨夜の品定め」です。

そこで、「中の品」という中流層にも、魅力的な女性がいるという話を聞いた当時17歳の源氏。なかでも頭の中将が愛する庶民、常夏との思い出話に興味を持ちます。

翌日、源氏は「自分も中流の女性に会ってみたい」と願い、紀伊の守の邸を訪ねると、そこには伊予の介（紀伊の守の父）の後妻になっていた若い女性、空蝉の姿が。

興味を持った源氏は夜、空蝉の部屋に忍び込み、強引に関係を結びます。しかし、その後は空蝉に完全に拒絶され、源氏の自尊心は傷つけられてしまったのです。

齋藤流物語のポイント

上流層の女性しか知らなかった源氏は、「雨夜の品定め」をきっかけに「中の品」である空蝉に強い興味を持ちます。一方で空蝉は、身分の違いや、夫のある身であることから、源氏を拒絶。源氏とは一夜限りの関係のまま、わが身を憂いつつ、源氏を拒むしかありませんでした。

一方、このことでかえって源氏にとって空蝉は、忘れられない女性になります。

タイトルの「帚木」は、遠くからは、ほうきを立てたように見えるものの、近づくと見えなくなってしまうという伝説の木のこと。

源氏の愛に応えたかのように見せて、実はそうではない。近づけそうで近づけない。それでいて、**源氏の魅力に抗いきれず苦悩する空蝉の象徴が、まさにこの帚木**なのです。

この日本語に注目！

訳文↓（「雨夜の品定め」で左馬の頭が女性のあり方についていわく）恨むべきであるような話も、愛嬌を忘れずそれとなく話せば、かえって男の側の愛情も増すというものだ。

恨(うら)むべからむふしをも、**憎(にく)からずかすめ**なさば、それにつけて、あはれもまさりぬべし。

訳文↓（空蝉が源氏に想いを寄せて）ときたまの訪れでも待っていられたなら、どんなに素晴らしかったでしょうか。

たまさかにも待ちつけ奉(たてまつ)らば、**をかし**うもやあらまし。

訳文↓（空蝉が覚悟を決め）「どちらにせよ、言っても仕方のない運命なのだから、分別のないいやな女として押し通そう」

「**とてもかくても**、今は言ふかひなき**宿世(すくせ)**なりければ、**無心(むじん)に****心(こころ)づきなくてやみ**なむ」

憎からず：あいきょうがある、感じがよい

かすめ：それとなくほのめかす。現代でも使う「掠(かす)め取る」「盗む」という意味もあります

たまさか：まれ、偶然

をかし：面白い、素晴らしい。「おかしい」という意味もあります

とてもかくても：どっちにしても

宿世：運命

無心に：分別がない

心づきなし：気にくわない、心が引かれない

やむ：終わる。ここでは「一生いやな女のままで人生を終える」となります

3

空蟬（うつせみ）

拒絶されるほど燃え上がる恋心

主な登場人物

源氏
17歳

空蟬
？歳

軒端の荻
？歳

あらすじ

空蟬に拒否されればされるほど、燃え上がる源氏の恋心。三度目の訪問で寝室に忍び込むと、源氏は体を寄せます。ところが、どうも空蟬よりも大柄で豊満な感じが。いつまでも目を覚まさない様子から「何か違う」と思い、そこでようやく自分の隣にいる女性が空蟬ではないことに気づきました。

それは実は、空蟬の継娘（ままむすめ）の軒端（のきば）の荻（おぎ）。源氏の気配を感じた空蟬は、小袿（こうちき）を脱ぎ捨てその場を去っていたのです。源氏は不愉快に思ったものの、前に姿を見た軒端の荻も悪くはないと思い直し、関係を持ってしまいます。

その後、源氏は空蟬に歌を贈り、まだ未練があることを伝えます。しかし、空蟬の返歌は苦悩とともに源氏を断るもの。結局、この恋が実ることはありませんでした。

齋藤流物語のポイント

蟬そのものや蟬の抜け殻を指す「空蟬」は、むなしさのたとえとして使われてきました。ここでは**源氏の求愛に応えず、妻としての立場を貫いた女性を「空蟬」と表現**しています。

義理の娘である軒端の荻を身代わりにしてまで、源氏の愛情から逃げる空蟬。この行動はある意味、冷たいととらえられるかもしれません。ですが、あの時代、身分の差と、妻という立場を考えると、仕方なかったのでしょう。

一方で空蟬も、源氏の気配を感じたら、すぐに逃げればいいはず。なのに、なぜか小袿を部屋に残して逃げていきます。抜け殻のような小袿は、空蟬がいた証拠です。これは、**空蟬の源氏に対する未練を表している**のではないでしょうか。こうした**登場人物の機微を読むのも、『源氏物語』の楽しみ方のひとつ**といえるでしょう。

この日本語に注目！

訳文↓（源氏が）着物を押しのけて（寝ている女に）迫っていくと、前のときより大柄に感じたが、人違いとは思いもしない。ただ、ぐっすり寝込んでいる様子などが、ちょっと変だなと感じ、ようやく正体がわかると、びっくりし、不愉快に感じた

衣を押しやりて寄り給へるに、ありし気配よりは、ものものしくおぼゆれど、思ほしも寄らずかし。寝ぎたなきさまなどぞ、怪しく変はりて、やうやう見顕し給ひて、あさましく心やましけれど

訳文↓（源氏が空蝉に歌を贈り）脱皮した蝉のように木の根っこに抜け殻（薄衣）を残して去っていったあなたに、やはりまだ心惹かれています

空蝉の身をかへてける木の下になほ人柄のなつかしきかな

訳文↓（源氏に空蝉が返歌して）蝉の羽に落ちた露のように、木に隠れて人目を避け、涙で袖を濡らしています

空蝉の羽におく露の木がくれてしのびしのびに濡るる袖かな

ありし：以前の、かつての。いまでも「ありし日の様子」というように使いますよね

ものものし：堂々としている、重々しい

寝ぎたなし：ぐっすり寝込んでいる

怪し：不思議だ、変だ

やうやう：次第に

見顕す：正体を見破る

あさまし：驚くばかり、意外だ

心やまし：不愉快な感じである、面白くない

なつかし：心が引かれる、親しみが持てる

しのびしのび：人目を避けて、こっそりと

4 夕顔

生霊が引き起こした悲劇

あらすじ

年上の愛人、六条の御息所のもとへと通う源氏。その道すがら病の乳母を見舞った際、隣家の女主人、夕顔と和歌のやり取りが縁で知り合います。そして、自身の素性を隠したまま夕顔と深い仲になっていき、その年の秋、源氏は近くの廃邸に夕顔を連れ出しました。

ところが、その夜、枕元に女の生霊が出現。生霊はほどなく消えましたが、源氏の傍らにいた夕顔は、急死してしまったのです。その後、夕顔の侍女から、夕顔は頭の中将が「雨夜の品定め」で語っていた常夏で、3歳の娘（のちの玉鬘）がいることを聞きます。

一方、空蝉は夫とともに伊予の国に下っていきました。軒端の荻も結婚したことを耳にします。源氏の「中の品」との恋はここで終わり。夕顔、空蝉との別れを惜しむ源氏でした。

齋藤流物語のポイント

17歳の源氏は、才色兼備の未亡人、六条の御息所に夢中になりますが、プライドの高さに息苦しさを感じることも。そんなある日、ひっそりと暮らす夕顔に出会い、源氏はすっかり入れ込んでしまったわけです。

その夕顔は、源氏に素性を明かしませんでした。**高位の貴族だった父の死により後ろ盾を失い、以後「中の品」になってしまった自分の素性を明かしても仕方がないと思った**からです。しかも源氏と会った当時、愛人である頭の中将の妻に脅されて身を隠しているところでした。

頼りになる後見がいないうえに、生霊によって亡くなってしまう夕顔。この巻だけでも、**当時の人の「精神世界」と、厳しい生活事情が描かれたリアルなストーリー**だと言えます。

主な登場人物

源氏 17歳

夕顔 19歳

六条の御息所 24歳

この日本語に注目！

訳文↓（夕顔が歌で）もしかして源氏の君では。白露が光る夕顔の花のように輝くあなたは

心あてにそれかとぞ見る白露の　光添へたる夕顔の花

訳文↓（源氏が）物の怪に襲われたような感じがして、はっと目が覚めると、燭台の火も消えていた。

ものに襲はるる心地して、**驚き**給へれば、灯も消えにけり。

訳文↓（夕顔は）汗びっしょりになって、正気を失っている様子だ。

汗も**しとど**になりて、**われか**の**気色**なり。

訳文↓（生霊に会った夕顔について）「もともと、とても臆病な性格の方なので、どう思っていることでしょう」と（夕顔の侍女の）右近も言う。

「**もの怖ぢ**をなむ**わりなく**せさせ給ふ本性にて、いかにおぼさるるにか」と右近も聞こゆ。

心あて：当て推量で。「心あてに折らばや折らむ初霜のおきまどはせる白菊の花」という百人一首の歌でもおなじみですね

もの：怨霊、物の怪

驚く：はっと目を覚ます

しとど：びっしょり

われか：自分のことか

気色：様子、模様。「われか」と合わせて、自分のことかと思っている様子、つまり「正気を失っている」となります

もの怖ぢ：怖がること。いつまでも「物おじしない性格」とか言いますね

わりなし：むやみやたらに、仕方がなく

5 若紫

若きヒロインとの出会い

主な登場人物

源氏 18歳
葵の上 22歳
藤壺 23歳
尼君 40歳超
若紫（紫の上） 10歳

あらすじ

病気療養のため京の北山を訪れた源氏は、そこで、恋焦がれる藤壺によく似た少女、若紫（紫の上）を見かけます。若紫は藤壺の姪で、母を亡くし、祖母の尼君に養育されていました。そこで源氏は、若紫の世話を申し出ますが、尼君は彼女の幼さを理由に断ります。

その後、京に戻った源氏は、藤壺が病気のため宮中から実家に戻ったと聞き、そこへ忍び込み強引に関係を結びました。やがて、藤壺は源氏の子を身ごもります。

一方、祖母を亡くし、父親に引き取られようとしていた若紫を、源氏は奪い取るように自邸の二条院に引き取りました。少女を理想の女性に育てたいと思っていたからです。当初は源氏と、なかなか打ち解けなかった若紫も、次第に笑顔を見せるようになっていきました。

齋藤流物語のポイント

作者の紫式部は、「紫」を源氏にまつわる女性のイメージとして使っています。たとえば、桐壺の「桐」や藤壺の「藤」の花は紫色ですし、もちろん若紫＝紫の上もそうです。

紫は古代日本では高貴な色として尊ばれていました。聖徳太子が定めた「冠位十二階」においても、最上位の位階を示す色は紫。作者も、こうしたことを念頭に置いていたことでしょう。

さて、藤壺によく似ており、血のつながりもあった少女、若紫に出会った源氏。この「若紫」の巻から、源氏の運命も変化していきます。

ちなみに、幼い若紫に対する源氏の感情に違和感を覚えるかもしれませんが、**源氏の元服も12歳だったように、当時と現在では「大人」の定義に違いがあった**ことに留意すべきでしょう。

この日本語に注目！

訳文↓（紫の上の）顔つきはとても愛くるしくて、眉のあたりも輪郭がぼうっとしており、子どもらしくかき上げた額や髪の具合は、たまらなくかわいい。成長していく様子を見たい人だと、源氏の視線は少女から離れない。

面（つら）つきいとらうたげにて、眉（まゆ）のわたり**うちけぶり**、**いはけなく**かいやりたる額（ひたひ）つき、髪（かん）ざし、いみじう美（うつく）し。**ねび**ゆかむさま**ゆかしき**人かなと目止（めと）まり給（たま）ふ。

訳文↓それというのも、紫の上は、いつも心からお慕いしている人（藤壺）にとても似ているから、じっと見つめてしまい、こんなにも惹かれるのだと思うと、源氏は思わず涙をこぼしてしまった。

さるは、限りなう**心（こころ）を尽（つ）くしきこゆる**人に、いとよう似（に）奉（たてまつ）れるが、**まもらるる**なりけり、と思ふにも、涙ぞ落つる。

訳文↓（源氏が）強引に事を成し遂げているあいだも、（藤壺には）現実とは思われないつらいものがあった。

いと**わりなく**て見奉（みたてまつ）るほどさへ、現（うつつ）とはおぼえぬぞ**わびしき**や。

うちけぶり：ほんのりと美しく見える。けぶりは「煙り」と書きます

いはけなし：幼い、子どもっぽい、あどけない

ねび：おとなびる

ゆかしき：見たい、聞きたい、心が惹かれる

さるは：それというのも

心を尽くす：心を込める

きこゆる：（動詞とともに）お～する、～申し上げる。「心を尽くす」と合わせて、「心を尽くしてお慕い申し上げる」となります

まもる：見つめる

わりなし：無理やり行う

わびしき：つらい、情けない、閉口する

6 末摘花（すえつむはな）

女性への残酷な評価

あらすじ

荒れ果てた邸で暮らす故常陸（ひたち）の宮（みや）の姫君の噂を聞いた源氏は、興味を抱き屋敷を訪れるもののなかなか会えません。ようやく姫君に会い、一夜をともにしましたが、引っ込み思案でセンスもない姫に失望します。

その後、源氏は再度、姫君の邸を訪問しました。夜が明け、雪明かりに照らされた姫君の容姿を見たところびっくり。鼻は長く垂れ下がり象のよう。しかも、先が垂れて紅花（べにばな）（末摘花）のように色づいています。体はやせ細り、額も広い彼女の姿を見た源氏は後悔します。しかし、その境遇を気の毒に思った源氏は、彼女の生活を援助することにしました。

その一方で、紫（むらさき）の上（うえ）と絵を描いたり、化粧をしてあげたりするなど、源氏はまるで若夫婦のような生活を楽しんでいたのです。

齋藤流物語のポイント

この巻で源氏は、**末摘花の容姿を「普賢菩薩（ふげんぼさつ）の乗り物とおぼゆ」（まるで象の鼻のようだ）などと、これでもかと残酷に描写**しています。

空蝉のときと同様、源氏は質素な暮らしをしている女性に関心があり、友人の頭（とう）の中将（ちゅうじょう）とどちらが先に末摘花とつき合えるか競いました。

ところが、ここまで容姿も作法もひどいとは思っていなかった源氏の落胆ぶりは、ある意味滑稽、あるいは、現代なら「女性差別」と言われかねない態度です。**当時は電気もなく暗いため姫の顔を見るのは難しく、容姿をはっきり見る機会がありません**でした。

しかし、それでも末摘花との縁は切りません。その後も苦しい生活を送る彼女を援助するあたり、源氏らしい独特の女性との距離の取り方と言えるでしょう。

主な登場人物

源氏
18～19歳

紫の上
10～11歳

末摘花
？歳

この日本語に注目！

訳文↓（源氏が歌で）心引かれる色でもないのに、どうしてこんな末摘花の袖に触れて（一夜をともにして）しまったのだろう

なつかしき色ともなしに**何**にこの　末摘花を袖にふれけむ

訳文↓（紫の上は）お歯黒もまだだったが、源氏が大人っぽく化粧をさせると、眉がくっきりとなり、かわいらしく美しい。

歯黒めもまだしかりけるを、**引き繕はせ**給へれば、眉の**けざやか**になりたるも、**美しう**清らなり。

訳文↓「平中のように墨なんて塗らないで。赤いのならまだ我慢できるけど」と、ふざけて楽しむ様子はとても仲むつまじい兄と妹のようだ。

「**平中**がやうに彩り添へ給ふな。赤からむは**あへなむ**」と、**戯れ**給ふさま、いとをかしき**妹背**と見え給へり。

何：なぜ、どうして

引き繕ふ：身なりを整える

けざやか：はっきりしているさま

美し：かわいい、見事だ

平中：平安時代の歌物語『平中物語』の主人公で歌人の平貞文のこと。プレイボーイとして知られていました

あへなむ：かまわないだろう、我慢しよう

戯れ：遊び興じること

妹背：兄と妹、夫婦。背には「兄」「弟」という意味もあります。人形浄瑠璃、歌舞伎の名作「妹背山婦女庭訓」では若い男女の悲恋が描かれています

7 紅葉賀

生まれ出ずる愛と罪の結晶

主な登場人物

源氏 18〜19歳

葵の上 22〜23歳

藤壺 23〜24歳

紫の上 10〜11歳

あらすじ

秋、妊娠中で先帝の長寿の祝いに出席できない藤壺のため、雅楽の試演が行われました。頭の中将を相手にした源氏の舞に帝は感動。その一方、源氏の子を宿している藤壺は気が気ではありません。そして年が明けると、藤壺が若宮（のちの冷泉帝）を出産。帝は喜びますが、源氏にそっくりな若宮を見て藤壺も源氏も、罪の意識は増すばかり。そのため藤壺は、源氏を避けるようになりました。そんななかでも60歳近い老女官、源の典侍と関係を持つなど、源氏の色恋は止まりません。

同年、帝は弘徽殿の女御を差し置いて藤壺を中宮（皇后）にします。ただし、バランスを図るため、弘徽殿の女御とのあいだに誕生した第一皇子を東宮（皇太子）に。あわせて、源氏も順調に昇進していったのです。

齋藤流物語のポイント

紅葉の季節に「祝賀会」が催されたことから「紅葉賀」というタイトルがつけられています。

この祝賀会のリハーサルで源氏の舞を見た帝は涙を流して感動しますが、藤壺の胸中は複雑です。**藤壺と源氏の心の葛藤が上手に描かれている巻**といえるでしょう。

また、コメディ調で描かれたのが、老女官との色恋沙汰。頭の中将と60歳近い源内侍との三角関係の物語は、「おまけ」のような形で作者が書いたものだと言われています。

諸説ありますが、**平安時代の平均寿命は30歳程度**。つまり、感覚的にはかなりの高齢女性を若い男性が取り合う様は当時、まさにコントのイメージだったのではないでしょうか。

この日本語に注目！

この世に名を得たる舞(まひ)の男(をのこ)どもも、げにいと賢(かしこ)けれど、ここしうなまめいたる筋(すぢ)を、えなむ見せぬ。

訳文↓（源氏たちの舞を見た帝がいわく）世間で名声を博している舞の名手たちも、たしかにうまいが、子どもらしい新鮮さと上品さは表現できない。

「もの思ふに立ち舞ふべくもあらぬ身の袖うち振りし心知りきやあなかしこ」とある御返り(おほんかへり)、目もあやなりし御(おほん)さま容貌(かたち)に、見給ひ忍(しの)ばれずやありけむ。

訳文↓「あなたとのことを思い悩んだまま、立派に舞うことなどできそうもないのに、袖を振って舞った気持ちを理解してもらえたでしょうか。恐れ多いことですが」という返事が源氏から届くと、目を奪うほど美しかった源氏の姿に藤壺も放ってはおけなかった。
訳文↓（若宮は）怖くなるほどかわいらしく、源氏は自分のことながら、この若宮に似ているのなら、自分のことを大切にしないと、と思っている、身勝手な話だが。
いとゆゆしう美しきに、我が身ながら、これに似たらむはいみじういたはしうおぼえ給ふぞ、あながちなるや。

げに：たしかに、本当に
賢し：立派だ、上手だ
ここし：おっとりしている、子どもっぽい
なまめく：上品である。現在の「色っぽい」という意味が主になったのは室町時代からといいます
もの思ふ：思い悩む
あなかしこ：恐れ多く存じます。手紙の終わりに書く、相手に敬意を表す言葉。いまでも、とくに女性が使いますね
目もあやなり：まばゆいほど立派だ
ゆゆし：不吉だ、ひどい
いたはし：大切にしたい
あながちなり：身勝手だ

8 花宴（はなのえん）

止まらぬ危険な恋のあとさき

主な登場人物

源氏 20歳

藤壺 25歳

朧月夜 ？歳

あらすじ

源氏が20歳の春、宮中で花宴が催されました。源氏の舞は、集まった人をまたまた魅了しますが、藤壺の心は暗く憂いたまま。

その夜、ほろ酔い気分の源氏は藤壺に会いたいと思いますが、かないません。と、そのとき出会ったのが、歌を口ずさむ若くて美しい姫君。その姿に惹かれた源氏は、彼女と半ば強引に関係を持ちます。名も知らず扇を交換して別れた翌日、源氏は相手の素性を知りました。実は、この姫君は、源氏の政敵である右大臣の娘、朧月夜だったのです。

ひと月後、右大臣邸で藤の花の宴が開かれました。招待された源氏は御殿に入り、朧月夜と再会します。朧月夜は近く、東宮への入内（皇后、中宮、女御になる人が正式に内裏に入ること）が決まっていたのですが……。

齋藤流物語のポイント

朧月夜と劇的な出会いをした源氏ですが、彼女は**ライバル右大臣の娘で、自分の母、桐壺の更衣をいじめた弘徽殿の女御の６番目の妹**だったのです。しかも近々、結婚の予定がありました。これを知った源氏は、さすがに悪いことをしたと反省。しかし、朧月夜の入内は源氏との関係によって、のちに取り消されてしまいます。

ちなみに源氏が耳にした歌は**「照りもせず曇りも果てぬ春の夜の 朧月夜に似るものぞなき」**というものでした。これまで源氏が出会った女性は控えめで、声どころか顔さえわからぬ状態で関係が始まることもあったのに対し、**現代の女性のように自由奔放な朧月夜**。しかし、この出会いは朧月夜のみならず源氏にとっても、大きな意味を持ってしまうのです。

この日本語に注目！

いと若うをかしげなる声の、**なべて**の人とは聞こえぬ、「おぼろ月夜に似るものぞなき」とうち**誦し**て、**こなたざま**には来るものか。

訳文↓とても若々しく美しい声をした、並の身分とは思えない女性が「春の朧月夜以上のものなどない」と歌を口ずさみ、こちらにやって来た。

深き夜の**あはれ**を知るも入る月の　おぼろけならぬ**契り**とぞ思ふ

訳文↓（源氏が朧月夜に詠んだ歌で）趣深い夜の情趣を知っているのも沈むおぼろ月のせいでしょうが、私とあなたの縁はおぼろげではなく、前世からのものがあったと思います

「まろは、みな人に許されたれば、召し寄せたりとも、**何でう**ことかあらむ。ただ**忍び**てこそ」

訳文↓（源氏が身の危険を感じて人を呼ぼうとする朧月夜に）「私は誰からも許されているので、人を呼んでもむだですよ。静かにしてください」

なべて：普通、当たり前

誦す：唱える、口ずさむ

こなたざま：こちら側。漢字は「此方様」と書きます

あはれ：しみじみとした趣。『源氏物語』は「あはれ」の文学、清少納言の『枕草子』は「をかし」の文学といわれます。似たような意味の言葉ですが、をかしのほうが、気づきの要素が強いといえるでしょう

契り：前世からの縁、（男女間の）約束。「男女が一夜をともにする」という意味もあります

何でう：どれほどの

忍ぶ：こらえる、我慢する、人目を避ける

9 葵

車争いと生霊騒動

あらすじ

源氏が22歳のとき、桐壺帝が朱雀帝に譲位します。そして4月、賀茂祭に源氏も参加。その姿を見ようと葵の上も見物に行きました。

ところが、葵の上は車を止める場所がなかったので、先に場所を取っていた車をどかせます。そのなかの一台が源氏の愛人、六条の御息所の車。六条の御息所は屈辱を味わい、深く傷つきます。そして彼女の魂は、肉体から遊離してしまいました。

折から、ようやく妊娠した葵の上が産気づき、源氏がそばで寄り添うなか、葵の上がまるで別人の声でうめきだします。その声が六条の御息所にそっくりなのでゾッとする源氏。

葵の上は男の子（夕霧）を生みましたが、間もなく死去。これまでの葵の上への態度を思い返し、源氏は後悔の念が募るばかりでした。

齋藤流物語のポイント

葵の上に六条の御息所の生霊が取り憑く場面は圧巻です。「もの思ふ人の魂は、げにあくがるるものになむありける」（思い悩む人の魂は、本当に体から離れ出るものだったのですね）という一文の**「あくがるる」（心が体から離れてさまよう）から、六条の御息所の源氏に対する何とも言えない感情が感じとれます**。

恨みに思い源氏に取り憑くのではなく、葵の上に憑依し、源氏と会話をするという紫式部の脚本は、「さすが」としか言いようがありません。しかも、葵の上の加持祈禱で焚いたケシの香りが六条の御息所の衣服につき、それで彼女はわれに返ると、自分が生霊になっていたことを知り愕然とするわけです。まさに、**人間の因業の奥深さが描かれた一巻**と言えるでしょう。

主な登場人物

- 源氏 22~23歳
- 六条の御息所 29~30歳
- 葵の上 26~27歳
- 紫の上 14~15歳

この日本語に注目！

訳文 ↓（六条の御息所が嘆いて）頭にくるのもそうだが、このような人目を忍ぶ姿を、はっきりと知られてしまったことが、ひどく腹立たしいことこのうえない。

心やましきをばさるものにて、かかる**やつれ**をそれと知られぬるが、いみじう**嫉き**こと限りなし。

訳文 ↓乗り降りするための踏台なども壊され、知らない車に寄りかかって止めているのでみっともなく、悔しくて、何のために来てしまったのかと思っても、いまさらどうしようもない。

榻などもみな押し折られて、**すずろなる**車の筒にうちかけたれば、またなう**人悪く**、悔しう、「何に来つらむ」と思ふに、**かひなし**。

訳文 ↓（生霊に憑かれた葵の上が歌に詠んで）悲しむあまり空にさまよっている私の魂を、衣服の下前の褄を結んでつなぎとめておくれ

嘆きわび空に**乱るる**我がたまを 結びとどめよ**したがひのつま**

やつれ：人目を忍ぶため、目立たない服装をすること。漢字では「窶」という、ほとんど見たことがない難しい字を当てるんですね

嫉し：くやしい、いまいましい

すずろなり：無関係だ、何ということもない

人悪し：みっともない、体裁が悪い、外聞が悪い

かひなし：どうにもならない、取るに足らない

乱るる：（心が）乱れる、平静でなくなる

したがひのつま：着物の前を合わせる際、下になるほうのこと。つまは「褄」と書き、端を指します

10

賢木（さかき）

藤壺の出家と源氏の暗雲

主な登場人物

源氏
23〜25歳

朱雀帝
26〜28歳

藤壺
28〜30歳

六条の御息所
30〜32歳

紫の上
15〜17歳

あらすじ

源氏は、生霊の一件以来、ぎくしゃくしていた六条の御息所が、娘と一緒に伊勢に下ることになったので、彼女のもとを訪れ、別れを告げました。

その年の10月に源氏の父、桐壺院が崩御。権力は朱雀帝の外祖父、右大臣側に移り、源氏の出世街道にも陰りが見えだし、左大臣を辞職してしまいます。その一方で、藤壺への求愛は増すばかり。そこで藤壺は、わが子の立場を守り、かつ源氏への想いを断ち切るため、悩んだ末に出家を決断します。

一方、朧月夜は最高位の女官、尚侍となり帝に寵愛されていました。ところが、源氏との密会を右大臣に見つかってしまい、姉の皇太后、弘徽殿の女御は激怒。これにより、源氏の立場は一気に悪くなってしまうのです。

齋藤流物語のポイント

この「賢木」では、**朧月夜と源氏がいるところに、父である右大臣が入ってきてしまうところが見せ場**です。娘の様子から「怪し」（何か変だぞ！）と感じた父が、奥に入っていくとそこには、横たわった源氏の姿が。ところが、源氏もジタバタせず、しれっとした態度を見せるので、さらに右大臣を怒らせてしまいます。

想像すると笑ってしまうような場面ですが、朧月夜の心情を考えるとたまりません。すっかりめげてしまった朧月夜を慰める源氏。自業自得ですが、「ちょっとヤバイなぁ」くらいにしか思っていないところが源氏らしくもあります。

もっとも、それもこれも**出世コースから外れてしまったための憂さ晴らし**。源氏にとって、ここから流転の人生が始まるのです。

この日本語に注目！

訳文↓（右大臣が）男帯が朧月夜の着物に絡まっているのを見つけ「おかしい」と思ってよく見ると、几帳の下に字が書かれた懐紙が落ちている。

帯の、御衣に**まつはれ**て引き出でられたるを、見つけ給ひて、「**怪し**」とおぼすに、また畳う紙の**手習ひ**などしたる、御**几帳**のもとに落ちたりけり。

訳文↓右大臣は「あれは誰のものだ。うちのではないな。貸しなさい。誰のか調べる」と言うので、朧月夜は振り返ると懐紙が目に入った。

「かれは誰がぞ。気色異なる物のさまかな。賜へ。それ取りて誰がぞと見侍らむ」と宣ふにぞ、うち**見返り**て、我も見つけ給へる。

訳文↓短気で冷静さを欠く右大臣は頭に血が上り、懐紙を手に几帳の奥を見ると、あられもない格好で臆面もなく横になっている男がいた。

いと**急に**、**のどめ**たる所おはせぬ大臣の、おぼしも回さずなりて、畳う紙を取り給ふままに、几帳より見入れ給へるに、いといたう、**なよび**て、**つつまし**からず添ひ臥したる男もあり。

まつはる：絡みつく

怪し：変だ、おかしい

手習ひ：習字、歌などを思いつくまま紙に書くこと

几帳：室内の仕切り、隔て用の家具

見返る：振りむく

紛らはす：ごまかす

あらで：～でない。ここでは「自分ではない」ということで「心ここにあらず」という感じになります

急：短気、せっかち、緊急

のどむ：気を落ち着ける、静める

回す：考えをめぐらす

なよぶ：（衣服などが）しなやかになる。弱々しいという意味の「なよなよ」も、

訳文↓男（源氏）は、いまになって、そっと顔を隠し、あれやこれやととりつくろうとしている。右大臣は、癪に障るやら、あきれるやら、不愉快で仕方ないが、面と向かって源氏を暴き立てようもない。目がくらくらする思いで、懐紙を手に、寝殿へと向かった。

今ぞ、やをら顔引き隠して、とかう紛らはす。**あさましうめざましう**、心やましけれど、**直面**には、いかでかは顕し給はぬ。目も**くるる**心地すれば、この畳う紙を取りて、寝殿に渡り給ひぬ。

訳文↓朧月夜は茫然自失となり、生きた心地がしない。源氏も気の毒に思い、「とうとう軽はずみな行動が重なって、世間の非難を浴びることになるだろう」と思いながら、心が沈んでしまった朧月夜をあれこれと慰めるのだった。

尚侍の君は、われかの心地して、死ぬべくおぼさる。大将殿も、**いとほし**う、「つひに**用**なきふるまひの積もりて、人の**もどき**を負はむとすること」とおぼせど、女君の心苦しき御気色を、とかく慰めきこえ給ふ。

すでに平安時代から使われていました

つつまし：気が引ける、きまりが悪い

あさまし：驚きあきれるさまだ、意外だ、ひどい

めざまし：癪に障る、不愉快だ

直面：面と向かい合っているさま、直接

くる：目の前が暗くなる、目がくらむ。漢字で「暗・眩る」と書きます

いとほし：気の毒だ

用：必要、用件

もどき：非難。「似たもの」という意味もあります。非難するという「もどく」が名詞化したものです

もっと源氏❶

小説としてのレベルの高さは、「物の怪」のシーンでよくわかる！

源氏を深く愛した六条の御息所が、嫉妬のあまり「生霊」になる。あるいは髭黒の大将の冷たい仕打ちで精神を病んでいく妻の北の方は、周りからは「物の怪」のせいで、おかしくなったと思われる。このように『源氏物語』には頻繁に、現代の感覚で言うところの「怪談」「ホラー」話が登場します。

上述した六条の御息所の話が登場する9「葵」。これを高く評価したのが三島由紀夫でした。三島は『源氏物語』のなかで「葵」が一番気に入っているとし、1954年、源氏と葵の上、そして六条の御息所の関係をもとに「嫉妬」をテーマにした戯曲「葵上」を発表しています（のちに『近代能楽集』〈新潮社、1956年〉などに収録）。

現代においては「物の怪」により病気になる、死に至るという話はさすがに聞きません。しかし、何か心配事があったり、不運な出来事が続いたりすると、神社などでお祓いをしてもらう人も多いと思います。となると、日本人の感受性は、いまも昔もそれほど変わっていないと言えるのかもしれません。そうした日本人独特の精神世界を、恋愛と権力争いの物語にスパイスとして振り混ぜた紫式部の小説家としての力量には脱帽です。三島も魅力を感じた、そうした「スリラー要素」が、作品にさらに幅と奥行き、面白みを与えていると言えるでしょう。「物の怪」に注目しながら読み進めると、また新たな『源氏物語』の魅力がきっと見つかるはずです。

11 花散里（はなちるさと）

昔の恋人と味わうしばしの安息

主な登場人物

源氏
25歳

花散里
？歳

あらすじ

5月、橘の花が咲き、ほととぎすが鳴く頃、朧月夜との密会が右大臣に見つかってしまったことで源氏への圧力は強まります。

25歳となった源氏は落ち込んでいるなか、亡き桐壺院の妃であった麗景殿の女御の妹、花散里を訪れることにします。花散里とは、過去に逢瀬を重ねた間柄でした。

源氏は屋敷に向かう途中、中川という別荘地で、かつて関係を結んだことのある女性の家に気づきます。そこで和歌を送ったのですが、そ知らぬふりをされてしまいました。

やがて着いた麗景殿の女御の住まいは、ひっそりとしています。しかし、出迎えてくれた麗景殿の女御は、昔と変わらず気品のある女性のまま。女御、そして花散里と昔話に花を咲かせ、懐かしさに心を慰める源氏でした。

齋藤流物語のポイント

花散里の容姿や性格ははっきりと描かれていませんが、源氏の様子から、これまで登場してきた女性のような気高く、気品があふれるタイプではないことが伝わってきます。親しみがある雰囲気、信頼できる性格のため、**源氏に安らぎを与えてくれる存在だった**わけです。彼女の住まいの様子を表した、「花散里」という言い方も美しいですね。これは、男性の作家にはなかなか思いつかない表現だと思います。

以前と変わらぬ花散里に対する源氏の信頼は高く、のちに夕霧や玉鬘（夕顔の遺児）の世話を任せたほど。**中森明菜さんの曲「Fin」に、「女は待つばかりで、男より孤独なピエロ」といった意味の歌詞が登場**します。まさに、花散里もそんなように思いながら、懸命に源氏を慕い続けたのではないでしょうか。

この日本語に注目！

訳↓（源氏が麗景殿の女御に送った歌で）橘の香りを懐かしんで、ほととぎす（源氏）が花散る邸にやってきました

橘の香を**なつかし**み郭公　花散る里をたづねてぞとふ

訳文↓「昔のことが忘れられない気持ちを慰めるには、やはり、こちらに伺うべきでした。このうえなく、気持ちがまぎれることも、また、悲しさがさらに増すこともございました。人は世の流れに従うものですから、昔話を語り合える人も減ってきました。ましてや、ここでは、所在なさを紛らわすすべもないとお思いでしょう」と、源氏は女御に語った。いまさら言うまでもない時代だが、しみじみと物事を思い続けている様子が通り一遍でないのも、彼女の人柄のためなのだろうか。源氏には、ひときわ感慨深く感じられた。

「いにしへの忘れがたき慰めには、なほ参り侍りぬべかりけり。**こよなう**こそ、まぎるることも、**数添ふ**ことも侍りけれ。**おほかた**の世に従ふものなれば、**昔語り**も**かきくづす**べき人すくなうなりゆくを、まして、**つれづれ**もまぎれなくおぼさるらむ」と聞こえ給ふに、いとさらなる世なれど、ものをいとあはれにおぼし続けたる御気色の**浅から**ぬも、人の御さまからにや、多くあはれぞ添ひにける。

なつかし：昔が思い出される、心が引かれる

こよなし：このうえない

数添ふ：数が増す

おほかた：だいたい、世間一般

昔語り：昔の話

かきくづす：ポツリポツリと話す。漢字だと「掻き崩す」と書きます

つれづれ：手持ちぶさた、所在なさ。鎌倉時代、兼好法師による『徒然草』の冒頭「つれづれなるままに、日暮らし、硯に向かひて」（所在なさにまかせて一日中硯〈机〉に向かって）は、あまりにも有名ですね

浅し：（思慮が）浅い

12 須磨

エリートを襲った初めての挫折

主な登場人物

源氏 26〜27歳

紫の上 18〜19歳

明石の入道 ？歳

あらすじ

朧月夜との密会を知られた源氏は、その責任を取るため、須磨へ退去することを決めました。紫の上や朧月夜らに密かに別れを告げ、少しの従者とともに須磨へと下ります。

ここから1年半ものあいだ、質素な田舎暮らしを強いられた源氏。京の女性たちと手紙のやり取りをしたり、あるいは旧友の宰相（頭の中将）が訪れたりしたこともありましたが、さびしさは日に日に募るばかりです。

一方、須磨にほど近い明石に、明石の入道という地方の名士がいました。彼は源氏が須磨に移ったことを知り、娘の明石の君を源氏に嫁入りさせようと考えます。娘も平凡な結婚なんてしたくないと思う〝野心家〟です。

そんななか、暴風雨と雷が鳴り響く異常気象と怪夢に源氏は悩まされるようになります。

齋藤流物語のポイント

朧月夜との逢瀬が発覚した源氏。そこから巻き込まれた政争に敗れたため、摂津国須磨への退去を決意します。律儀にも、これまで関係のあった女性に別れを告げ、わびしい新生活に向けてけじめをつけました。まさにここから「シーズン2」の始まりという感じです。

これまでのきらびやかな生活から一変して、田舎暮らしに戸惑いを隠せない源氏。罪悪感からか、人形を海に流し穢れを祓ったこともありました。その反面、都での優雅な暮らしだけでなく、**庶民の生活ぶりも知り、人間に幅が出た**感もあります。さらに、新たな登場人物、明石の入道と、その娘の明石の君との出会いが重要です。この一族との出会いが、この先の源氏の人生に大きくかかわってくるのです。

この日本語に注目！

訳文↓（源氏が歌で）漁師が集め、投げ捨てられた木のなかで涙を流しつつ、いつまで須磨でもの思いにふけっているのでしょう

海人(あま)が積む**なげき**の中に**塩(しほ)たれ**ていつまで須磨の浦(うら)に**眺(なが)め**む

訳文↓源氏は、周りでひどく面倒な困りごとばかり増えるので、「知らん顔をして都にいても、いまよりもっと状況が悪化するかも」と考えるようになった。

世の中いと**煩(わづら)はし**く、**はしたなき**ことのみ増(ま)されば、「せめて知らず顔(かほ)にありへても、これより増(ま)さることもや」とおぼしなりぬ。

訳文↓過去や将来のいろいろなことを思い続けると、悲しいことがさまざま浮かんでくる。

よろづのこと、**来(こ)し方行(かたゆ)く末(すゑ)**思ひ続け給(たま)ふに、悲しきことといとさまざまなり。

なげき：嘆き。ここでは漁師が投げた木（投げ木）と嘆きをかけています

塩たる：本来は「潮垂(しほた)る」で、「涙を流す」「涙で袖が濡れる」という意味です

眺む：もの思いに沈む

煩ふ：苦しむ、困惑する

はしたなし：きまりが悪い、不似合いだ。現在の「品がない」という意味はないので要注意です

よろづ：あらゆること、万事、たくさん。漢字は一文字で「万」と書きます

来し方行く末：過去と未来。いまでも小説などでよく見る表現なので、ぜひ使ってみてください

訳文 ↓自分でも、みじめな運命と思わされるようなわびしい住まいに、どうして姫を連れて来ることができようか。

我が身だにあさましき宿世(すくせ)とおぼゆる住まひに、**いかでかは**。

訳文 ↓煙がたまに近くまで漂ってくるので、これは漁民が塩を焼いているのだろうと思っていたが、実は家の後ろの山で、柴を燃やして出た煙だった。

煙(けぶり)のいと近く時々(ときどき)立(た)ち来(く)るを、これや海人(あま)の**塩焼(しほや)く**ならむと、おぼしわたるは、おはします後(うし)ろの山(やま)に柴(しば)といふもの、**ふすぶる**なりけり。

訳文 ↓（明石の入道が源氏についていわく）罪になるということは、外国でもわが国でも、源氏の君のような、世の中でずば抜けてすぐれている人には、必ず起こるものだ。いったい源氏の君を、どういう方だと思っているのか。

罪に当たることは、**唐土(もろこし)**にも、我が朝廷(みかど)にも、かく世(よ)に優(すぐ)れ、なにごとにも人(ひと)に**異(こと)に**なりぬる人の必ずあることなり。いかにものし給ふ君ぞ。

いかでかは：どうにかして、いったいどうして

塩焼く：海水を煮詰めて塩をつくる。前ページの「塩たる」もそうですが、播磨は古くから塩の名産地だったため、この巻には「塩」がつく言葉が多く登場するのです

ふすぶ：いぶる、くすぶる、嫉妬する

唐土：中国（外国）

異なり：違っている、とくにすぐれている

あてはかなり：上品だ、優雅だ。「あてやかなり」とも言います

心ばせ：気配り、気立て、機転、才覚

訳文 ↓入道の娘はものすごい美人というわけではないが、やさしく上品で、機転の利くところなどは、高貴な女性にも劣らない。

この女優れたる容貌ならねど、なつかしう**あてはか**に、**心ばせ**あるさまなどぞ、げにやむごとなき人に劣るまじかりける。

訳文 ↓（明石の入道の娘は）身分の高い人は、自分を眼中になど置かないだろう。でも、身分相応の結婚など絶対にしたくない。長生きして、愛する両親に先立たれてしまったら、尼にでもなろう、身投げして海の底に沈んでしまおう、などと思っていた。

「高き人は我を何の数にもおぼさじ。**ほどにつけ**たる**世**をばさらに**見じ**。命長くて**思ふ**人々に**後れ**なば、尼にもなりなむ、海の底にも入りなむ」などぞ思ひける。

ほどにつく：身のほどに応じる、程度に応じる

世：生涯、一生

見じ：「じ」は打消推量の助動詞。「さらに」は「まったく」という意味ですから、「ほど」から「見じ」までは、「身分相応の（結婚をした）人生なんて、まったく見たくもない（生きたくもない）」という意味合いになります

思ふ：愛する。やや古い言い方かもしれませんが、好きな人のことを「思い人」ともいいます

後る：先立たれる、生き残る、あとに残る

京周辺の主な話の舞台

『源氏物語』の舞台はしばしば京を飛び出す。カッコ内は登場する巻名。

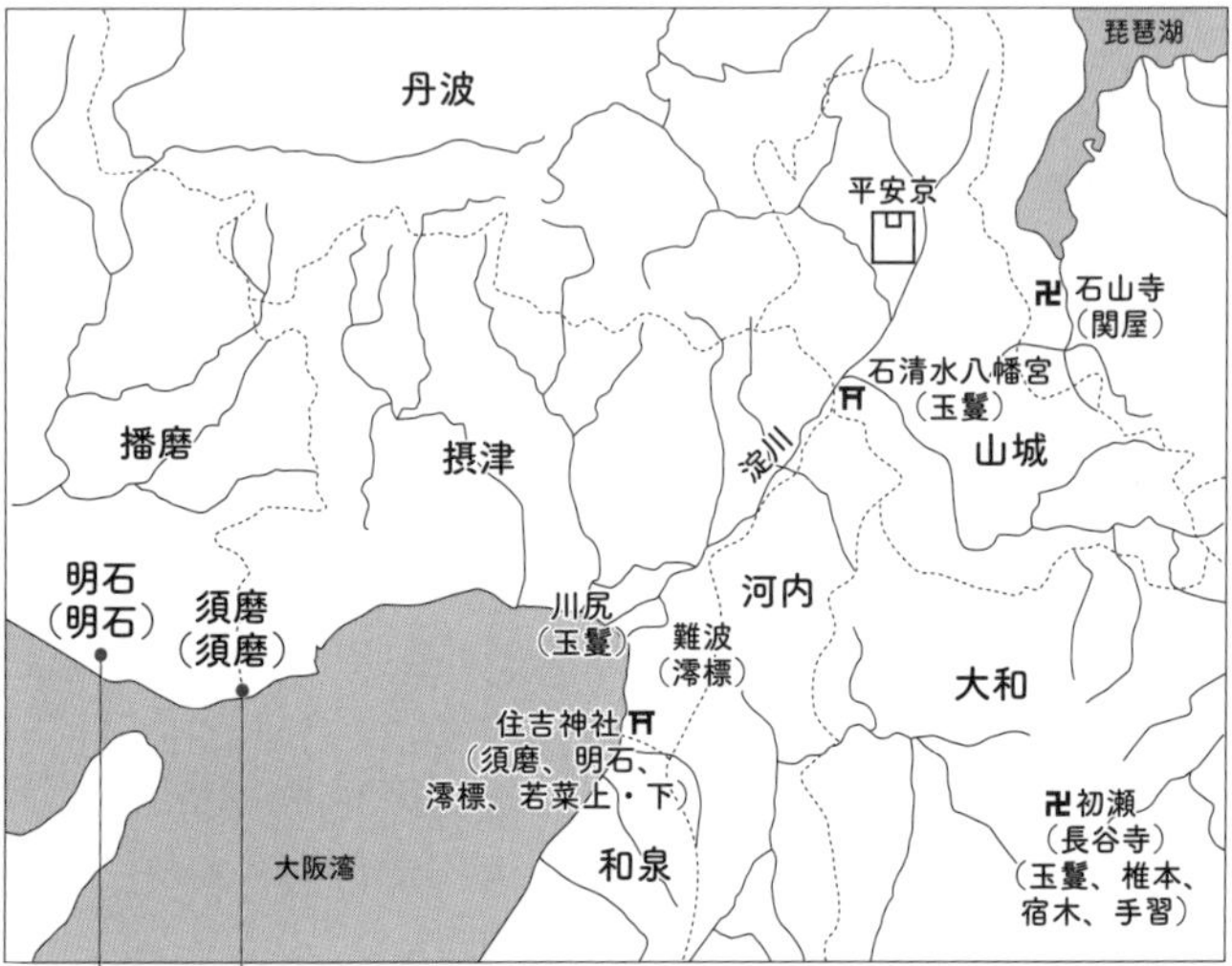

須磨は現在の兵庫県神戸市須磨区。平安初期の歌人、在原業平（ありわらのなりひら）の兄、行平（ゆきひら）の流刑地ともなった寒村でした。

明石は現在の兵庫県明石市。都落ちした貴族の新天地でもあったといいます。

須磨の海を見つめながら、京へと思いをはせる源氏（『源氏香の図・須磨』より）

平安京の位置関係

平安京は794年に桓武天皇が遷都し、
以後1869年まで1000年以上、日本の首都でした。

巨椋池は周囲約16km、面積約8km²と甲子園球場の約200個分の広さを誇る淡水湖。昭和初期の干拓事業で農地になりました。

船岡山は標高112m。現在、東南側は建勲神社、西北側は船岡山公園となっています。

平安京の広さは、東西約4.5km、南北約5.2km、面積約23.4km²。北の船岡山、南の巨椋池、東の鴨川、西の山陰道に神が鎮座するという「四神相応」の地とされています。

13 明石（あかし）

枕元に立った亡き父のお告げ

主な登場人物

源氏
27～28歳

藤壺
32～33歳

紫の上
19～20歳

明石の君
18～19歳

あらすじ

異常気象と怪夢が続くなか、亡き父、桐壺院が夢に現れ「早くここを去れ」と告げます。しかも同時期、源氏のもとを訪れた明石の入道からも、「夢のお告げに従い源氏の君を迎えに来た」と言われたのです。そこで源氏は、須磨から明石に移ることにしました。源氏は明石の入道一家に大歓迎され、娘を嫁にもらってほしいと迫られます。明石の君の魅力に惹きつけられた源氏は、契りを結びました。

一方、都では朱雀帝と母、弘徽殿の大后が病に苦しみ、さらに帝の外祖父の右大臣が急死。政界も混乱が続きます。そこで朱雀帝は、源氏を都に呼び戻すことを決断したのです。

源氏の子を懐妊した明石の君と父、入道は悲しみにくれます。源氏は「必ず都へ呼ぶ」と約束し、京へと旅立ったのです。

齋藤流物語のポイント

息子のこの先を案じた亡き父、桐壺院が夢に出てきて、明石への移住をお告げしたことを機に、運命の歯車が回り始めた源氏。その意味では、**明石の入道一家と源氏をつなげたのは、まぎれもなく桐壺院**だったと言えるでしょう。

そして源氏は、都に残した紫の上のことを心配しつつ、入道の思惑通り、娘の明石の君と結ばれます。この明石の君が伊勢にいる六条の御息所に似ているという**「ほのかなる気配、伊勢の御息所にいとようおぼえたり」**との描写にはドキリとさせられます。どこまで六条の御息所は、源氏にとって印象深い女性なのでしょうか。

ちなみに明石の入道は桐壺の更衣のいとこ、つまり源氏とも親戚です。ただ身分は低いので、明石の君もまた身分格差に悩むことになります。

この日本語に注目！

訳文↓（故桐壺院が源氏の夢に現れて）「住吉の神様が教え示す通り、早く舟を出してこの浦から立ち去れ」とおっしゃった。

「**住吉**の神の**導き**給ふままに、はや舟出してこの浦を去りね」と宣はす。

訳文↓（源氏は夢に現れた故桐壺院が去ってしまい）あまりにも悲しくて「お供してまいります」と泣き出したが、ふと見上げると、人もなくただ月だけが煌々と輝いている。夢とは思えず、父の気配がまだ残っている気がして見上げると、雲がしみじみとした風情でたなびいていた。

あかず悲しくて、「御供に参りなむ」と泣き入り給ひて、見上げ給へれば、人もなく、**月の顔**のみ**きらきら**として、夢の心地もせず、御気配**とまれる**心地して、空の雲あはれにたなびけり。

訳文↓（明石の君から）どことなく感じる気配は、伊勢にいる六条の御息所のそれによく似ていた。

ほのかなる気配、伊勢の御息所にいとよう**おぼえ**たり。

住吉：いまの大阪市住吉区にある住吉大社

導く：教え示す

あかず：満ち足りない、不満足だ、もの足りない。ここでは、「もっと父の故桐壺院と話したいのにもの足りなく悲しい」というニュアンスです

月の顔：月の表面、月の光

きらきら：きらきらと。現代語かと思いきや、『万葉集』にも出てくるくらい古い言葉なんですね

とまる：あとに残る、消えずに残る

ほのかなり：うっすらとしている、かすかだ

おぼゆ：似る、似ている

14

澪標（みおつくし）

源氏の帰還と鮮やかな復権

主な登場人物

源氏
28～29歳

冷泉帝
10～11歳

紫の上
20～21歳

明石の君
19～20歳

六条の御息所
35～36歳

前斎宮
19～20歳

あらすじ

朱雀帝が退位を決めたので、源氏と藤壺の子である東宮、冷泉帝が即位しました。源氏は内大臣となり、その勢いは増すばかりです。

一方、その年の3月に明石の君に女の子が誕生したので、子のない紫の上の心は激しく揺れ動きます。そして秋、源氏一行は住吉神社へ参詣しました。そこで鉢合わせしたのが明石の君。しかし、あまりの身分の差に、明石の君は引き返してしまいました。

また、帝の代替わりにともない、伊勢にいた六条の御息所が帰京します。しかし、娘の前斎宮を源氏に託すと、病気で亡くなってしまったのです。そこで源氏は御息所の遺言に沿い、前斎宮を自分の養女にします。さらに、藤壺と相談のうえ、前斎宮を冷泉帝の妃にしようと計画したのです。

齋藤流物語のポイント

源氏は京に戻り、出世して勢力を盛り返します。また、明石の君にも女児が誕生し、幸せの絶頂かと思いきや、今度は紫の上の嫉妬が波乱を巻き起こしそうです。六条の御息所ほどではなさそうですが、京で帰りを待ち続けたのに、源氏はあちらで新たな女性と子どもをつくったわけですから、妬むのも当然のことでしょう。

一方、明石の君は明石の君で、源氏が京に戻ってから遠い存在になってしまった自分の境遇を嘆きます。こうして見ると、**源氏は相変わらず罪つくりな男**です。ただし、藤壺はわが子冷泉帝の、源氏は自身の権力強化のため、結託して六条の御息所の娘を入内させようとするあたり、**政治家としての手腕は、かつてより巧みに成長**したと言えるのではないでしょうか。

この日本語に注目！

訳文↓（源氏が明石の君の出産の件を紫の上に説明して）そういうことなのだそうです。うまくいかないもんだね。生まれてほしいと思うところではなかなかできなくて、思っていないところでの出産で残念だ。

さこそ**あなれ**。怪しう**ねぢけ**たる**わざ**なりや。さもおはせなむ、と思ふ辺りには**心もとなく**て、思ひの外に口惜しくなむ。

訳文↓（源氏が紫の上に対し）「思いもよらぬ勝手な思い込みをして、嫉妬なんかする。考えると悲しいことですよ」と言い、最後は目に涙を浮かべた。

「人の心よりほかなる思ひやりごとして、**もの怨じ**などし給ふよ。思へば悲し」とて、**果て果て**は涙ぐみ給ふ。

訳文↓（明石の君のお供の者が）「誰が参詣しているのか」と尋ねたところ、「源氏の君がお礼参りに参詣なさるのを、知らない人もいるとはなぁ」と言って、取るに足らない下の者までもが、得意げに笑う。

「誰が詣で給へるぞ」と、問ふめれば、「内の大臣殿の御願果たしに詣で給ふを、知らぬ人もありけり」とて、**はかなき**ほどの**下衆**だに、心地よげにうち笑ふ。

あなり：あるようだ

ねぢく：ひねくれる、素直でない。漢字では「拗く」と書き、現代の「すねる」「こじらせる」も同じく「拗」を使います

わざ：こと、行い、行事

心もとなし：じれったい、待ち遠しい

もの怨じ：恨むこと、嫉妬すること。「もの恨み」ともいいます

果て果て：いちばん終わり、とどのつまり

はかなし：取るに足りない。「1」での意味は「ちょっとしたこと」でしたね

下衆：身分の低い者、卑しい者

15 蓬生（よもぎう）

真心に報いる源氏の「お世話力」

主な登場人物

源氏 28〜29歳

末摘花 ？歳

あらすじ

源氏が須磨、明石（あかし）にいるあいだ、援助が途絶えた末摘花（すえつむはな）の生活はますます貧しさを増すばかり。邸は荒れ果て、侍女たちも次々と去っていきます。さらに、意地の悪い叔母が、末摘花を自分の娘の召使にするため、筑紫（福岡）に連れて行こうとしましたが、かたくなに拒否。末摘花は、ひたすら源氏がやってくるのを待ち続けていたのです。

源氏が京に戻った翌年の4月、見覚えのある荒れた邸の前を通りかかります。そこで末摘花と再会。自分をひたすら待ってくれていたその姿に心打たれ、源氏は末摘花を援助し、邸も建て直しました。すると、去っていった侍女たちも戻ってきます。2年後には源氏が建てた二条院の東院へ呼び寄せるなど、源氏は真心厚い末摘花を末永く支援することを決めたのです。

齋藤流物語のポイント

ここで再登場した末摘花。本書の「6」で紹介した以外にも、座高が高い、やせてごつごつと骨ばっている、無風流で歌の出来もよくない、頭の形、髪の毛の着物へのかかり具合だけはいいなどと源氏、というか紫式部の描写はかなり辛らつでした。

一方で、**一途に源氏に想いを寄せ続ける女性という人物像は変わりません**。いわば「真心」の象徴として描かれているのが、この末摘花なのです。そして、ここで発揮されるのが、**いかなる人であっても自分が気にとめた人であれば面倒を見るという源氏の「お世話力」**。末摘花の真心が源氏のお世話力を引き出したからこそ、源氏が住む二条院の東院を提供されるという手厚い扱いを受けたのでしょう。

この日本語に注目！

訳文↓末摘花は、いつかはと待っていた念願がかないうれしいが、とても恥ずかしい状況で対面するのも、非常に気が引けると思っている。

姫君は、**さりとも**、と待ち過ぐし給へる心も**しるく**うれしけれど、いと恥づかしき御有様にて対面せむもいと慎ましく思したり。

訳文↓（源氏が末摘花に）「長いあいだ会えなかったが、気持ちだけは変わらず、心配していましたよ。なのに何の音沙汰もなかったのがつらくて、あなたの本心を試していました。でも、通りすがりに邸の木立がはっきりと目に止まったので、素通りできずに根負けしてやってきたのです」

「**年ごろ**の隔てにも、心ばかりは変はらずなむ**思ひやり**きこえつるを、**さしも**驚かい給はぬ恨めしさに、今まで試みきこえつるを、杉ならぬ木立のしるさに、え過ぎでなむ負けきこえにける」

訳文↓「今後、あなたの気持ちに反したら、約束違反として罰を受けましょう」と、それほど真剣に考えずに、いかにも愛情があるように言った。

「今よりのちの御心にかなはざらむなむ、言ひしに違ふ罪も負ふべき」など、さしもおぼされぬことも、**情け情けしう**聞こえなし給ふことどももあめり。

さりとも：いくらなんでも、それにしても

しるし：予想通りで、まさにその通りで

年ごろ：長年、数年来

思ひやる：気にかける、心配する。このあとに続いている「きこえ」は、「聞こえる」ではなく謙譲の意味を持つ補助動詞です

さしも：（下に打消・反語の表現をともなって）それほどには、たいして。上の3文目に出てくる「さしもおぼされぬ」は「たいして思ってもいないのに」という意味です

情け情けし：情愛や思いやりが深い

16 関屋

出会いも別れも「逢坂の関」

主な登場人物

源氏 29歳

空蝉 ?歳

あらすじ

かつて、源氏と一夜限りの関係を結んだ空蝉は、伊予の介から常陸の介となった夫とともに、常陸へと下っていました。

源氏は明石から都に戻った9月、石山寺へ参詣します。その際、偶然にも、任官先から京に戻る道中の空蝉一行と逢坂の関ですれ違いに。互いを認識したものの、身分は大違いですから、空蝉たちは、源氏の大行列が通りすぎるのを待つしかありませんでした。

帰京した源氏は、空蝉の弟を呼び出して近況を聞き、さらに手紙を託します。長年不通だったが、心の内ではずっと思っていたという源氏の言葉に、揺れる空蝉の心。しかし、夫が老衰で亡くなり、さらにその継子に言い寄られると、世のはかなさから空蝉は出家。源氏との恋も完全に終わりを告げたのです。

齋藤流物語のポイント

この「関屋」は、景色の移ろいや、情景が丁寧に描かれているため、想像力がかき立てられる巻です。たとえるなら、**これまでスタジオ撮影だったドラマが外ロケで撮影されているような臨場感あふれる感じ**と言えばいいでしょうか。

空蝉は登場人物のなかで、とりわけ悲劇的なひとりかもしれません。だが、一度は情を交わしたものの、その後は一切、源氏の愛を受け入れなかった誇り高い女性でもあります。おそらく、とりわけ女性は支持できるのではないでしょうか。

もちろん、源氏にとっても身分の違う初めての相手ということで、この先ずっと心に残る存在となったことでしょう。とすると、**結果的に空蝉は幸せな女性だった**のかもしれません。

この日本語に注目！

訳文↓9月の末なので、色とりどりの紅葉が混ざり合い、霜枯れした草むらが情感深く見渡せるところに、関所から源氏一行がどっと出てきた。さまざまな色合いの狩衣の刺しゅうや絞り染めの具合も趣がある。

九月**つごもり**なれば、紅葉の色々**こきまぜ**、霜枯れの草、むらむらをかしう見え渡るに、関屋よりさと**崩れ出で**たる旅姿どもの、色々の襖の**つきづきし**き縫ひ物、括り染めのさまも、さる方にをかしう見ゆ。

訳文↓（すれ違った空蟬に対し源氏は）いろいろなことがしみじみと浮かんできたが、ありきたりのことばかりで、さびしい気持ちでいっぱいだった。

あはれにおぼし出づること多かれど、**おほぞう**にて、**かひなし**。

訳文↓（空蟬いわく）「行くときも帰るときも、せき止められない私の涙を、絶えず流れる関の清水とあの人は見るでしょうか。（源氏は）この気持ちがわからないでしょう」と思うと、本当にさびしく思えた。

「行くと来と**せき**とめがたき涙をや絶えぬ清水と人は見るらむえ知り給はじかし」と思ふに、いとかひなし。

つごもり：晦日、下旬。漢字は「晦」と書きます

こきまず：かきまぜる、混ぜ合わせる

崩れ出づ：（大勢が崩れるように）どっと出る

つきづきし：似つかわしい、ふさわしい

おほぞうなり：ありふれている、通りいっぺんだ

かひなし：どうにもならない、効果がない

せき：せき止めること、関所。ここでは「関所」と「涙をせき止める」をかけています。平安時代、「関」といえば一般的に、百人一首にも登場する「逢坂の関」のことでした

17 絵合

寵愛と権力をめぐる雅な戦い

主な登場人物

- 源氏 31歳
- 藤壺 36歳
- 冷泉帝 13歳
- 梅壺の女御 22歳
- 弘徽殿の女御 14歳
- 紫の上 23歳

あらすじ

源氏の養女、前斎宮（六条の御息所の娘）は、源氏、藤壺の思惑通り、13歳の冷泉帝の妃となり、梅壺の女御と呼ばれるようになりました。ただし、すでに冷泉帝には権中納言（頭の中将）の娘で14歳の弘徽殿の女御（朱雀帝の母とは別人）がいます。梅壺の女御は22歳と年上のハンデがありましたが、趣味の絵をきっかけに冷泉帝との距離を縮めたのです。

そこから燃え上がった、女御同士の帝からの寵愛争い。そこで、藤壺が両者の絵物語を批評する「絵合」を行いました。

しかし、勝負は引き分け。そこで源氏は、冷泉帝の前で勝負をつけようと言い、二回目の「絵合」が行われました。源氏側が出したのは、須磨で書いた絵日記。これにより源氏、梅壺の女御側が勝利を収めたのでした。

齋藤流物語のポイント

いまの時代も東西で戦う相撲や、男女に別れて歌を競う「紅白歌合戦」などがあるように、平安時代にも、さまざまなものを用いて競い合う遊びがありました。たとえば、**貝や花、虫、闘犬、闘鶏から歌、物語などテーマは多岐にわたります**。

ここでのテーマは絵ですが、実際には権中納言は有名な絵師に絵を描かせる一方、源氏に至っては自分の苦労物語を自ら描いた絵を切り札にするなど、親同士の意地の張り合いそのもの。

昔は恋敵で、いまは政敵。もちろん一族の安泰がかかっていますから真剣勝負ですが、どうも**恋敵時代の因縁を引きずっているような、ちょっとクスっとなる要素があるのが、この巻の特徴**といえるでしょう。

この日本語に注目！

訳文↓権中納言側も警戒して、最後の絵巻はとくに素晴らしい絵を選んでおいたが、源氏のような達人が、思いを澄ませて心静かに描いた作品は絶妙である。

彼方にも**心し**て、果ての巻は心ことに優れたるを選りおき給へるに、かかる**いみじ**きものの上手の、心の限り思ひ澄まして静かに描き給へるは、たとふべきかたなし。

訳文↓草書体に仮名文字を所々に入れた、きちんとした詳細な日記ではなく、しみじみとした歌などが混じっている。皆、もっと見たいと思うだけで、他のことは考えない。これまでの、さまざまな絵への興味がこちらにすっかり移ってしまって、誰もが感動し、この作品の優位を認め、源氏方の勝ちが決まった。

草の手に仮名の所々に書き交ぜて、**まほ**の詳しき日記にはあらず、あはれなる歌なども交じれる、たぐひゆかしく、誰もことごと思ほさず。さまざまの御絵の興、これに皆移りはてて、あはれに**おもしろし**。よろづ皆押し譲りて、左勝つになりぬ。

心す：気を配る、注意する、用心する

いみじ：並ではない、素晴らしい。ここから生まれたのが「いみじくも」。よく「偶然にも」という意味合いで使われますが、これは誤用で、「○○さんがいみじくも言ったように＝適切に（うまく）言ったように」が正解です。ご注意ください

まほ：正式であること、正式な

おもしろし：趣がある、風流だ、すばらしい。現代の「あのギャグ、おもしろいね」といった使い方は、近世以降に始まったと言われています

18

松風（まつかぜ）

ひとつ屋根の下、新たな親子関係の誕生

主な登場人物

源氏 31歳

明石の君 22歳

明石の姫君 3歳

あらすじ

二条の東の院が落成して、西の対に花散里が引っ越してきました。東の対には明石の君を迎えようと源氏は考えていましたが、身分の低い明石の君は、それをためらっています。そこで、明石の入道は都の郊外、大堰川のほとりにある別荘を改築し、明石の君と娘の姫君を住まわせることにしました。すると源氏は、紫の上に明石の君の上洛をほのめかしつつ、お忍びで大堰川の屋敷へ向かい、3年ぶりに明石の君と再会。初めて対面した姫君も愛らしく、これまでの別居生活を悔やみます。

娘の将来を思った源氏は、身分の高い紫の上が養女として育てるという案を思いつきます。そこで源氏は紫の上の機嫌を取り、恐る恐るそう提案してみたところ、子ども好きな紫の上は意外にも喜んで受け入れてくれたのです。

齋藤流物語のポイント

源氏が愛した女性たちを住まわせる「二条の東の院」が完成しました。明石の君も呼び寄せましたが、上京を拒まれてしまいます。結果、源氏は女性たちに会うため、あっちこっちへ行かなければならなくなりました。しかも、紫の上のご機嫌も取らねばならないので大変です。

それにしても、**明石の姫君を紫の上に育ててもらおうと考えるあたり、源氏はなかなかの策略家**。実は占いで、「明石の姫君は皇后になる」と出ました。しかし身分は低く、出身地も京ではないので、実際このままでは明石の姫君が皇后になるのは困難。その点、**血筋のいい紫の上に育ててもらえば、姫君のさまざまなネックもクリアされます**。このあたり、源氏の政治能力も成熟しつつあったのです。

この日本語に注目！

訳文↓ まして念入りに身なりを整えた源氏の公家の装束姿は、他の男性にはない魅力にあふれていて、まぶしく感じたので、嘆き悲しんでいた明石の君の心の闇も晴れていくようだった。

ましてさる御心して引き繕ひ給へる御直衣姿、世になくなまめかしう、まばゆき心地すれば、**思ひむせべる**心の闇も、**晴るる**やうなり。

訳文↓ 大殿腹の君（左大臣家の孫＝源氏の嫡男、夕霧）を「かわいらしい」と世間の人はほめそやすが、それは、ときの権勢におもねったお世辞にすぎない。（明石の姫君を見て）「こんなふうに、美しい人ははじまりからはっきりしているのだな」と、姫君が微笑んでいる顔の無邪気さが、愛くるしく、輝いているので、「たいそうかわいらしいなぁ」と源氏は思った。

大殿腹の君を「美しげなり」と世人もて騒ぐは、なほ**時世**によれば、人の見なすなりけり。「かくこそは、すぐれたる人の**山口**は、しるかりけれ」と、**うち笑みたる**顔の**何心なき**が、**愛敬づき匂ひ**たるを、「いみじう、らうたし」とおぼす。

思ひむせぶ：もの思いに胸がつかえる

晴る：悩みが解消する、心が晴れ晴れとする

時世：時代の風潮、時勢

山口：物事の初め、きざし、山の入り口

うち笑む：にっこり笑う

何心なし：無邪気である

愛敬づく：愛らしさがある

匂ふ：美しく輝く、美しく映える。「1」では「つややかで美しい」という意味でしたね。現代では嗅覚への刺激を表すときに使われますが、実は『広辞苑』では「色に染まる」「美しく映える」といった視覚系の意味が先に並んでいます

19

薄雲（うすぐも）

愛する人の死と秘密の終えん

あらすじ

源氏から明石（あかし）の姫君の育成計画を提案された明石の君は、悩んだ末、娘を手放すことを決意。明石の姫君は、すぐに新しい環境に慣れ、紫の上にもなつきました。

翌年3月、藤壺が死去。その四十九日の法要後、冷泉帝（れいぜいてい）は、藤壺に仕えていた僧都（そうず）から、自分が本当は源氏の子だということを聞いてしまいます。冷泉帝は思い悩み、源氏を太政大臣に昇進させ、自身は譲位する旨を源氏に伝えました。ところが源氏はかたくなに固辞します。源氏は秘密が漏れたことに気づいたのです。

一方、梅壺（うめつぼ）の女御（にょうご）が二条院に里帰りしてきました。亡き六条（ろくじょう）の御息所（みやすどころ）の思い出話を語りながら、これからは男女の仲として親愛の情を深めたいと伝えた源氏。これには梅壺の女御もあきれ、困り果ててしまいました。

主な登場人物

源氏	31〜32歳
冷泉帝	13〜14歳
藤壺	36〜37歳
紫の上	23〜24歳
明石の君	22〜23歳
明石の姫君	3〜4歳
斎宮の女御	22〜23歳

齋藤流物語のポイント

女性の登場人物のなかでも、最強のメンタルで最上位にのし上がっていったのは藤壺ではないでしょうか。皇女として生まれ、（源氏の子ではあるものの）世継ぎを産み、帝の母として君臨しました。しかし、その分、心配事が多く、苦労も絶えなかったことでしょう。ゆえに37歳という若さで亡くなってしまいます。

一方、冷泉帝と源氏の関係も複雑です。**ギリシャ悲劇に「オイディプス」という話があります**。オイディプス王が先王（父）殺害犯捜しをしたところ、自分が犯人で、しかも自分の妻が実の母だと判明。母は自殺し、オイディプスは自分の目を潰すというストーリーです。**父子が運命に翻弄されるというのは古今東西を問わず、文学の大きなテーマ**だったのです。

この日本語に注目！

訳文↓（源氏が藤壺の死を悲しんで歌で）夕日がさす山々にかかる薄雲の色が喪服の薄墨色に似ていることよ

入り日さす峰にたなびく薄雲は もの思ふ袖の色や**まがへる**

訳文↓「（明石の君はわが子をこちらに預けて）どう思っているのかしら。私なら、とても恋しく思わずにはいられない」と、明石の姫君をじっと見守りながら、懐に入れて、かわいらしい乳房をふくませたりして一緒に遊ぶ様子は、端から見て美しい母子のようだった。

「いかに思ひおこすらむ。我（われ）にて、いみじう恋ひしかりぬべきさまを」と、**うちまもり**つつ、懐（ふところ）に入れて、美（うつく）しげなる御乳（おほんち）を**くくめ**給（たま）ひつつ、戯（たはぶ）れゐ給（たま）へる御（おほん）さま、見どころ多かり。

訳文↓藤壺があれこれ思いめぐらせてみると、高い身分に生まれ、帝の母にもなれたのは幸運ではあったが、心労もまた誰よりもあった身だと、思わずにはいられなかった。

御心のうちにおぼし続くるに、**高き**宿世（すくせ）、世（よ）の栄（さか）えも並（なら）ぶ人（ひと）なく、心のうちにあかず**思（おも）ふ**ことも、人にまさりける身と、おぼし知らる。

入り日：夕日、落日

さす：光が当たる、芽が出る、わく

まがふ：間違える、よく似ている

うちまもる：じっと見つめる、見守る

くくむ：口にふくむ、包む、くるむ

高し：身分が高い、すぐれている、高貴だ

思ふ：心配する、悩む。「12」では「愛する」という意味でしたね

心苦し：かわいそうだ、気の毒だ

うしろめたし：先のことが気がかりだ、どうなるか不安だ。現在、主に使われる

訳文↓藤壺は、帝が、夢にも自分と源氏の子だということを隠されて知らないことを、気の毒に思っていた。この秘密だけが気がかりで、死後もこの世に未練として残りそうな気がした。

上の、夢の中にも、かかることの心を知らせ給はぬを、さすがに**心苦し**う見奉り給ひて、これのみぞ、**うしろめたく**、むすぼほれたることに、おぼし置かるべき心地し給ひける。

訳文↓（僧都が冷泉帝に）「すべては親の代に始まります。帝が何の罪か知らないことは恐ろしいので、考えないようにしていたことをあえて思い出し、話しました」と、泣く泣く申し上げているうちに夜が明けたので僧都は退出した。

「よろづのこと、親の**御世**より始まるにこそ侍るなれ。何の罪とも**知ろしめさぬ**が、恐ろしきにより、**思う給へ消ち**てしことを、さらに心より出だしはべりぬること」と、泣く泣く聞こゆるほどに、明け果てぬれば、まかでぬ。

「やましい」「気がとがめる」という意味もあります。ちなみに「先が安心」「気安い」という意味の反義語は「うしろやすい」。先のことなのに「うしろ」というところが面白いですが、いまは言いませんね

御世：天皇の治世。ここでは親も天皇だから、尊敬の「御」がついています

知ろしめす：知っていらっしゃる。「知る」の尊敬語で漢字では「知ろし召す」と書きます。

思ひ消つ：気にかけないようにする。無理に忘れる

妃の位と名称の違いとは？

天皇の正妻は皇后で中宮とも呼ばれ、以下、女御、更衣と続きます。もともと、皇后、妃、夫人(ぶにん)、嬪(ひん)の4ランクがあり、皇后と妃は皇族以外にはなれませんでした。

名称	解説
太皇太后	先々代の天皇の后。
皇太后	元天皇の皇后、あるいは今上帝の生母。
皇后	天皇の正妻。勅命による冊立（さくりつ）によって正式に定められます。現在の雅子妃も2019年に冊立されました。
中宮	もともと、太皇太后、皇太后、皇后の住まいの名称。のちに皇后の別称となりました。
女御	もともとは嬪の別称。やがて皇后・中宮に次ぐ地位とされ、女御から皇后に立てられる女性も出てきました。
更衣	もともとは女官で、やがて天皇の寝室にも奉仕し、女御に次ぐ配偶者とされました。
御息所	もともとは女官でしたが、やがて女御と同じように奉仕し、更衣に次ぐ配偶者とされました。

「更衣」って何？

桐壺(きりつぼ)の更衣(こうい)の「更衣」と聞いて、私たちが思い出すのは「更衣室」ではないしょうか。実は、更衣の意味は季節の「衣替え」。また、そもそも役職として更衣の仕事は、天皇の着替え＝衣替えでした。そんな雅(みやび)な言葉が、いまの日本（のプールや温泉！）にも、残っているというわけなのです。

20

朝顔（あさがお）

夢に出て釘をさす最愛の女性

主な登場人物

源氏 32歳

紫の上 24歳

前斎院 ?歳

あらすじ

朝顔は、父が亡くなると実家に移り、叔母の女五の宮と同居生活を始めます。源氏は、自分の叔母でもある女五の宮のお見舞いを口実に邸を訪ねました。実は朝顔は、源氏が若い頃から好きだった相手。当時から冷めた反応で、いまだに源氏に心を許しません。

諦めきれない源氏は、何度も手紙を送ります。これを知った紫の上は動揺しました。自分よりも身分の高い朝顔が源氏の正室になれば、自分の地位も危うくなるからです。

しかし、朝顔が源氏になびく気配は一向になし。そこで源氏は、紫の上の機嫌を取りつつ、これまで関係のあった女性の話をします。するとその夜、夢に藤壺が現れ、約束を破り自分たちのことを他言したと非難。源氏ははっと目が覚め、藤壺の供養を行いました。

齋藤流物語のポイント

急に現れた朝顔ですが、２巻の「帚木」で名前だけ登場しています。源氏が17歳のときから言い寄っている「いとこ」なのです。

朝顔は源氏に心を許さず、そっけない態度をとり続けました。それでも諦めない源氏には、男性としてのパワーを感じます。また、その源氏にしょっちゅう焼きもちを焼く紫の上も、常に生きるパワーのあった女性と言えるでしょう。

一方で、またも登場するのが“怪夢”。実は、**伝統芸能の「能」のジャンルに、「夢幻能（むげんのう）」というものがあります**。これはシテ（主役）が幽霊というのが特徴。室町時代の世阿弥（ぜあみ）が確立しました。こうして**霊的な存在、現象が頻繁に作品に登場するのは、それだけそうしたことが、人々にとって身近だった**からなのでしょう。

この日本語に注目！

訳文↓（源氏が朝顔に歌で）かつてお会いしたときのあなたが忘れられません。朝顔の花は盛りを過ぎてしまったのでしょうか

見し折のつゆ忘られぬ朝顔の 花の盛りは過ぎやしぬらむ

訳文↓（朝顔が源氏への返歌で）私は、秋が終わり霧の立ち込める垣根でしぼんで、色あせ枯れそうな朝顔です

秋はてて霧のまがきにむすぼほれ あるかなきかにうつる朝顔

訳文↓（紫の上が朝顔への源氏の態度についていわく）「本気で結婚する気でいるのに、素知らぬ顔で冗談のように私に言いつくろっているのかしら」とも「あの方は、私と同じ皇族の家の出だけど、世間での評判がいいうえに、昔から重んじられてきたから、源氏の君の愛情が移っていってしまったら、みっともないことこのうえないわ」

「まめまめしくおぼしなるらむことを、つれなく戯れに言ひなし給ひけむよ」と、「同じ筋にはものし給へど、おぼえことに、昔よりやむごとなく聞こえ給ふを、御心など移りなばはしたなくもあべいかな」

見し：かつて会った。「見し人」は「以前見た人」「かつて愛した人」という意味です

折：〜とき、季節

つゆ：（下に打消の語をともなって）少しも、まったく。ここでは、朝顔の「露」とかかっています

はつ：終わる、修了する、死ぬ。漢字では「果つ」と書きます

あるかなきかに：ひっそりとして目立たない、弱々しい様子

まめまめし：いかにもまじめだ、本気だ。なんと漢字で「忠実忠実し」と書くんですね

意味 ↓（紫の上は）「長年、誰よりも寵愛を受けてそれに慣れてきたのに、いまさら他人に負かされようとは」などと、人知れず嘆いたのだった。

「年ごろの御(おほん)もてなしなどは、立(た)ち並(なら)ぶ方(かた)なく、さすがに**なら**ひて、人に**押(お)し消(け)たれむ**こと」など、人知れずおぼし嘆かる。

訳文 ↓（亡くなった藤壺が夢に出て、源氏をひどく恨んでいる様子で）「私たちの件を漏らさないと約束したのに、漏れてしまい、いまでも恥ずかしく、苦しい目にあっており、あなたを恨めしく思います」とおっしゃった。

「漏(も)らさじと宣(のたま)ひしかど、**浮き名**の隠れなかりければ、恥づかしう、苦しき目を見るにつけても、**つらく**なむ」と宣ふ。

訳文 ↓藤壺に返事を伝えようと思ったが、襲われるような気がしたところ、隣で寝ている紫の上が「これは、どうされました、どうしてこんな」と言ったので、はっと目が覚めた。非常に残念で、落ち着くことのない胸を抑えていると、涙まで流れてきた。

御答(おほんいら)へきこゆ、と、おぼすに、襲(おそ)はるる心地して、女君(をんなぎみ)の、「こは、など、かくは」と宣(のたま)ふに、驚きて、いみじく口惜(くちを)しく、胸の**おきどころ**なく騒げば、抑へて、涙も流れ出(い)でにけり。

つれなし：素知らぬふうだ、平然としている

おぼえ：世間の評判、人望

ならふ：慣れる、なじむ。なつく。親しくなる。

押し消つ：圧倒する、威圧する

浮き名：いやな評判、浮いた噂。当初は「憂き名」でしたが、そのうち恋の噂という意味でも使われるようになりました

つらし：耐えがたい、苦痛だ。他に「薄情だ」という意味もあります

おきどころ：身や心を置く場所

もっと源氏❷

「マウンティング」に苦悩した女性たちの物語

『源氏物語』の大きな魅力のひとつ、それは登場する女性たちの熾烈で過酷な生き方です。オトコたちの権力闘争の裏で、オンナたちの生き残り戦争が繰り広げられていたことが、自身も下級貴族出身の紫式部の筆でリアルに描かれていきます。

作品中の女性たちは、事あるごとに相手より自分のほうがすぐれているとアピールし、「席」の奪い合いを行いました。いまの言葉で言えば「マウンティング」が日常だったと言っても過言ではありません。容姿はもちろんのこと、身なりやたたずまい、また字の美しさや和歌のセンス、話し方まで問われていました。

紫の上のように幼いころから美しく、源氏に見初められたことで最高レベルの教養を身につけられた女性はラッキーのひと言。そうでない女性は、たとえ皇族出身でも、さまざまな問題を抱えていました。財力、父の権力、夫の出世、子どもの結婚などなど……。

自分でどうにかできるのであれば、努力の甲斐もあるでしょうが、この時代、そう簡単にはいきません。先に述べた「ラッキー」な紫の上でさえ、後続の女性たちの存在にヒヤヒヤし、子どもを産めなかったことをずっと嘆いていました。

それでも彼女たちは決して、男性に媚(こ)びるだけではありません。ときに夫にキレたり、思い切って出家をし、俗世との縁を切るなど、最終的には自分で自分の生きる道を決めています。現代の女性も、仕事や私生活で常に“戦い”にさらされていることでしょう。その大変な毎日のヒントも、きっと作品から学び取れるはずです。

21 乙女（おとめ）

源氏の子育て教育論

あらすじ

源氏と亡き葵の上の子、夕霧は祖母の大宮（故葵の上の母）に育てられていました。元服の日が近づいてくると、源氏は夕霧を六位という低い身分で大学に入学させます。

同じ頃、梅壺の女御は入内し秋好中宮となりました。そして源氏は太政大臣に、右大将（頭の中将）は内大臣に昇進したのです。

その内大臣には娘がふたりおり、そのうちの雲居の雁を東宮妃にしようと考えていました。ところが、雲居の雁は同じ祖母の大宮のもとで育った夕霧と恋仲に。これを知った内大臣は、ふたりの仲を引き裂きます。不承不承、勉強に励んだ夕霧は五位に昇進しました。

一方、かねて建設中だった六条院が完成すると、源氏はそこへ紫の上、花散里、秋好中宮、明石の君を呼び寄せたのです。

齋藤流物語のポイント

この巻で、いまも使われる「大和魂（やまとだましい）」という言葉が登場します。これが日本史上の初出と言われていますが、いわゆる「日本人の根性」的な意味合いとは、だいぶ異なっていました。同じ文脈で「才（ざえ）」という言葉も出てきます。これは漢才（からざえ）、つまり中国の学問、知識ということ。一方、**大和魂は日本人的な感性、あるいは実務能力という意味**だったのです。

江戸時代、国学者の本居宣長（もとおりのりなが）が、日本人独特の情感を指す概念「もののあはれ」を提唱します。本来の大和魂に通じる、もののあはれこそが『源氏物語』の本質だと宣長は考えたのです。

源氏は、大和魂を発揮するには漢才が必要だと述べています。**和魂洋才ならぬ和魂漢才が、当時のエリートの必須条件だった**のでしょう。

主な登場人物

源氏 33~35歳

夕霧 12~14歳

雲居の雁 14~16歳

秋好中宮 24~26歳

この日本語に注目！

訳文↓（源氏が愛人の筑紫の五節に歌で）少女だったあなたも歳をとったでしょう。昔の友（源氏）も老いたので

をとめ子も**神さび**ぬらし天つ袖ふるき世の友よはひ経ぬれば

訳文↓（夕霧がのちに側室となる惟光の娘に歌で）太陽の下で天女姿のあなたには、はっきりと私の恋心がわかったことでしょう

日かげにも**しるかり**けめやをとめ子が天の羽袖にかけし心は

訳文↓（源氏が夕霧に対し）やはり学問を基礎にしてこそ、日本人本来の実務能力が世の役に立ち、重んじられるということは確実だろう。

なほ**才**を本としてこそ、**大和魂**の世に用ゐらるる方も強う侍らめ。

訳文↓（源氏が夕霧に対し）遊興にうつつを抜かし、思うがまま出世していけば、時流に従う人たちは、内心では小ばかにしつつ、おべっかを使い、ご機嫌取りをしながら従ってくるものだ

戯れ遊びを好みて、心のままなる官爵に昇りぬれば、時に従ふ世人の、下には**鼻まじろぎ**をしつつ、追従し、気色とりつつ従ふ

神さぶ：古びる、年を取る。他に「荘厳で神秘的である」という意味もあります

しるし：はっきりわかる、明白である。漢字では「著し」と書きます

才：学識、教養。「才がる」は学識があるように振る舞うという意味の動詞です

大和魂：物事を処理する能力、処世上の知恵や才能。しつこいようですが、「大和魂で突っ込め！」という意味ではなかったことに要注意です

鼻まじろぎ：ふふんと鼻を動かすこと。表面上は従いつつ、実は心服していない様子を表します

22

玉鬘（たまかずら）

亡き恋人の美しき忘れ形見

あらすじ

源氏が愛した夕顔が、生霊と出会い亡くなってすでに20年近く。源氏は、いまでも彼女のことが忘れられません。その娘の玉鬘は、乳母の夫が大宰少弐（大宰府の役人）だったため、筑紫（福岡県）へ下っていました。

やがて、夕顔に勝る美人に成長した玉鬘は、肥後（熊本県）の実力者、大夫の監から執ように迫られます。そこで、乳母は玉鬘を連れて上京。あてもなく長谷の観音に向かったところ、そこで出会ったのが夕顔の侍女だった右近の一行だったのです。

紫の上の女房となっていた右近からこのことを聞いた源氏は、実の親である内大臣（頭の中将）には内緒のまま、養女として玉鬘を引き取ることに。こうして玉鬘は六条院に移り、花散里が後見人となったのです。

齋藤流物語のポイント

ここから31巻の「真木柱」までは、玉鬘を中心に話が進む「玉鬘十帖」と呼ばれています。

いまは亡き源氏の恋人、夕顔。実は源氏と出会った頃、夕顔は頭の中将の愛人で、しかも頭の中将の妻から脅されて、身を隠している状態でした。そのふたりのあいだの子が玉鬘。夕顔が亡くなったとき、わずか３歳でした。

そうした縁もあって、源氏は玉鬘を引き取ったわけですが、夕顔以上に美人の玉鬘を、あの源氏が放っておくわけがありません。これに紫の上がまた、悩まされることになります。そこで、**源氏は紫の上に非常に気を遣うのですが、正直になるあまり、夕顔との恋愛話までしてしまいます**。こうしたおおらかなところも、源氏の魅力と言えるのですが……。

主な登場人物

源氏
35歳

玉鬘
21歳

紫の上
27歳

この日本語に注目！

恋ひわたる身はそれなれど玉鬘いかなる筋を訪ね来つらむ

訳文↓（玉鬘のことを想いながら源氏が歌で）いまも変わらず亡き夕顔に恋心を抱いている私だが、この子はどんな縁で、実の親でもない私のもとを訪ねてきたのだろう

女といふものの心深きをあまた見聞きしかば、さらに好き好きしき心は遣はじとなむ思ひし

訳文↓（源氏が紫の上に夕顔のことを伝えて）女性というものの想いの深さを数え切れないくらい見たり聞いたりしてきたので、浮気心は決して起こすまいと思っていた

「人のありさまとりどりになむありける。かどかどしう、をかしき筋などは後れたりしかども、あてはかに、らうたくもありしかな」など宣ふ。

訳文↓「女性の魅力は人それぞれだよ。夕顔は、才気や面白みは劣っていたけれど、上品でかわいらしいところがあったなあ」などと、源氏はおっしゃる。

恋ひわたる：恋い慕い続ける。昔は、「ずっと恋焦がれていたんだ」を、ひと言で言えたんですね

筋：筋道、理由

心深し：思いやりが深い

好き好きし：好色だ

遣ふ：（心を）働かせる、使う

かどかどし：才気がある、賢い。気がきいている。漢字では「才才し」と書くんですね

後る：劣る、乏しい

あてはかなり：上品だ、優雅だ。「あてやかなり」ともいいます。漢字では「貴はかなり」と書きます

23 初音（はつね）

新年早々の朝帰りと言い訳

主な登場人物

源氏 36歳
明石の君 27歳
明石の姫君 8歳
玉鬘 22歳
紫の上 28歳
夕霧 15歳

あらすじ

六条院で新年を迎えた源氏は、紫の上とお正月を祝いました。それから年末に贈った衣装のいでたちを見るため、六条院の女性たちを訪れます。まずは、明石の姫君。次に花散里、玉鬘の順に周り、その夜は明石の君のもとで泊まりました。そして新年早々、朝帰り。

もちろん紫の上のご機嫌は斜めです。それに対し、「うたた寝をしただけだ」とバツが悪そうに苦しい言い訳をする源氏ですが、紫の上は返事もしません。

新年の宮中行事が落ち着いた頃、源氏は久しぶりに二条の東の院の女性たちも訪問しました。六条院と比べると華やかさは劣りますが、末摘花は地味な姿でありながらも和歌や物語を勉強し、空蟬は仏道に励みながら慎ましやかに暮らしていました。

齋藤流物語のポイント

話のなかで、明石の君が「年月を松にひかれてふる人に 今日鶯の初音聞かせよ」（長いあいだ、あなたの成長を待ち続けてきたのだから、今日は今年最初の鳴き声を聞かせてくださいね）という歌を娘の明石の姫君に贈ります。

すると、源氏が姫君に「この御返りは、みづから聞こえ給へ。初音惜しみ給ふべきかたにもあらずかし」（お返事はちゃんと自分で書きなさい。初便りを出し惜しみする相手ではないのだから）と諭したのです。**「初音」とは、鳥や虫の新年最初の鳴き声のこと。ここでは「初便り」（年賀状）の比喩**として使われています。

姫君の育ての親は紫の上。さらに源氏も親孝行を説くという、華やかな新年の様子を描いたこの巻の、家庭的な一幕と言えるでしょう。

23 初音

この日本語に注目！

訳文↓（夜中に出て行った源氏に対し）明石の君は、まだ帰らなくてもいいほど夜もふけきっていないのにと思いつつ、昨夜の名残りが思い起こされて、送り出したあとも気持ちが落ち着かず、切なかった。

かくしも**あるまじき夜深**（よぶか）さぞかし、と思ふに、名残（なごり）も**ただならず**あはれに思ふ。

訳文↓「変なふうにうたた寝をしてしまい、まるで若い人間のようにぐっすり寝入ってしまった私のことを、起こしてもくれなかったんだよ」と、（紫の上の）機嫌を取っているのも、おかしく思われた。何の返事もないので、源氏は困ったまま、たぬき寝入りをして、日が高くなるまでよく寝てから起きた。

「怪（あや）しきうたた寝をして、若々しかりける寝（い）ぎたなさを、さしも**驚**（おどろ）**かし**給はで」と、御**気色取り**（みけしきと）給（たま）ふもをかしく見ゆ。ことなる御答（おほんいら）へもなければ、煩（わづら）はしくて、**そら寝**をしつつ、日高く**大殿籠り**（おほとのごも）起（お）きたり。

あるまじき：する必要がない、あってはならない

夜深：夜が深まったこと。よふけ

ただならず：意味ありげだ、いわくありげだ

驚かす：目を覚まさせる

気色取る：機嫌を取る

そら寝：寝たふり、たぬき寝入り。聞こえてないのに聞こえたように錯覚する「空耳」はいまでも使いますが、見えていないのに見えたように錯覚することを「空目（そらめ）」と言ったんですね

大殿籠る：（「寝（ぬ）」「寝（い）ぬ」の尊敬語）おやすみになる。字からわかるように、高貴な人が寝ることを指します

24 胡蝶（こちょう）

美しさゆえに困惑する日々

主な登場人物

源氏 36歳

玉鬘 22歳

紫の上 28歳

秋好中宮 27歳

あらすじ

都は春真っ盛り。源氏は遊覧船を六条院の池に浮かべ、船楽（ふねがく）（船内で音楽を演奏すること）の宴を盛大に催しました。そこで、その宴の豪華さとともに耳目を引いたのが玉鬘（たまかずら）の美しさ。すでに世間の噂になっていましたが、彼女の魅力に惹かれる客が大勢いたのです。

その後、山のように届いた玉鬘宛てのラブレター。なかには玉鬘を妹だとは知らぬ腹違いの兄、柏木（かしわぎ）のものもありました。こうした恋文をいちいちチェックしながら人物評をする源氏。父親風を吹かせ、返事をすべき相手などを玉鬘に指図します。もちろんこれは、源氏が玉鬘にいい結婚をしてほしいから。

その一方で、下心丸出しで自分に接する源氏の態度に、玉鬘は困惑を超えて嫌悪感すら覚えるようになっていくのです。

齋藤流物語のポイント

養父であるにもかかわらず恋心を見せてくる源氏に対し、明らかに玉鬘は戸惑っています。この時点で源氏は36歳。現代社会では、まだまだ現役どころか、中堅、中核として、仕事も遊びもバリバリこなす世代と言っていいでしょう。

ところが、前に説明したように平安時代の平均寿命は30歳程度。**栄養のいいものを食べていた貴族のほうが寿命は長いでしょうが、それでも壮年期といっていい年代**です。

玉鬘は、ただ父親に会いたいとひたすら願っていました。ただ源氏は、この時点でそうするつもりはありません。その間にも、異母兄の柏木に好意を寄せられるなど、数奇な運命に翻弄されていくところも、玉鬘の物語の読みどころのひとつと言えるでしょう。

この日本語に注目！

訳文↓（源氏から想いを明かされて）玉鬘は不愉快に思い、途方にくれて、ぶるぶると体が震えてきた

女は**心憂く**、いかにせむとおぼえて、**わななか**るる気色もしるけれど

訳文↓（源氏いわく）決して浅からぬ親子の愛情に、さらなる愛情が加わるのだから、世にもあまり例のない愛という気がする

浅くも思ひきこえさせぬ心ざしに、また**添ふ**べければ、世にたぐひ**あるまじき**心地なむする

訳文↓（源氏は玉鬘に）「こんなにも愛情深い人はなかなかいないのだから、求婚者たちのことが気がかりでなりません」とおっしゃる。実におせっかいな親心である。

「いとかう深き心ある人は世に**ありがた**かるべきわざなれば、うしろめたくのみこそ」と宣ふ。いと**さかしら**なる御親心なりかし。

心憂し：情けない、つらい、心苦しい、不愉快だ

わななく：体や手足が震える、震え動く。漢字で「戦慄く」と書きます

浅し：情が薄い、考えが浅い。ここでは「情が薄いとは思われない＝深い愛情」というわけです

添ふ：つけ加わる、増す

あるまじき：あってはならない、とんでもない

ありがたし：めったにない、珍しい。漢字で「有り難し」と書き、ここから感謝の言葉「ありがとう」になりました

さかしら：おせっかい、差し出がましいこと

25 蛍

恋心に火をつける蛍の光

主な登場人物

源氏 36歳

玉鬘 22歳

紫の上 28歳

蛍兵部卿の宮 ？歳

あらすじ

執拗に近づいてくる源氏に辟易している玉鬘のもとに、求婚者のひとりで源氏の異母弟、蛍兵部卿の宮が訪ねてきました。すると源氏は、宮のスキを見て蛍を放ちます。その光に照らされた玉鬘の姿を見た瞬間、蛍兵部卿の宮の恋心は、さらに燃え上がったのです。

一方、源氏は自身の経験から、夕霧を義母の紫の上に近づけないようにしていました。夕霧は実の妹である明石の姫君と遊んでいると、心を通わせた雲居の雁のことを思い出さずにいられません。そして、ふたりの仲を引き裂いた内大臣を恨みに思うばかりです。

その内大臣が、夕顔が残した娘を探し出そうと決意します。占い師に「他人の養女になっている」と告げられ、わけがわからないまま内大臣は、娘探しに本腰を入れたのです。

齋藤流物語のポイント

平安時代の歌人、和泉式部の歌に「もの思へば沢の蛍も我が身より あくがれいづる魂かとぞ見る」（思い悩んでいると、沢の蛍も私の体からさまよい出た魂のように見える）というものがあります。当時、**蛍は「恋＋心」の象徴として、しばしば歌などにうたわれました**。つかの間、闇を照らす光と恋心を重ねたのでしょう。

さらに電気などない当時、人の姿を見るのも一苦労でした。そんな状況で蛍の光に浮かび上がった玉鬘は、さぞかし美しく見えたことでしょう。さすが源氏の演出です。**能を確立した世阿弥は、「秘すれば花」という言葉を残しました。見えないからこそ、見えたときの感動がある。それが大事だ、ということ**。源氏も「秘すれば花」の精神を、理解していたのでしょう。

この日本語に注目！

訳文↓（源氏いわく）ああ、いやになってしまうなあ。女性というものは、面倒くさがりもせず、人にだまされるために生まれてきたようなものなのですね。

あなむつかし。女（をんな）こそもの**うるさがらず**、人に欺（あざむ）かれむと生まれたるものなれ。

訳文↓（物語はウソが巧みだという源氏に対し玉鬘が）「おっしゃる通りでございますね。ウソを言い慣れた人は、あれこれとつくり話だろうと理解するのでしょう。けれど、私にはまったくの事実だとしか思われませんね」

「げに偽（いつは）り慣（な）れたる人や、さまざまにさも**酌（く）み**侍（はべ）らむ。ただいとまことのこととこそ思う給へられけれ」

訳文↓（源氏が物語について）後世に言い伝えたい事柄を、自分の心にしまい込んでおけず、語り始めたのです。

後（のち）の世（よ）にも言ひ伝へさせまほしき**ふしぶし**を、心にこめ難（がた）くて、言ひおき始めたるなり。

あな：ああ、なんと。感動や驚き、あるいは苦痛を表現する際に使われる感動詞です

むつかし：わずらわしい、面倒。漢字は「難し」ですが、現代のような「難解だ」「困難だ」という意味は、かつてはなかったことに要注意です

うるさし：めんどうだ、わずらわしい。こちらもいまの「騒々しい」という意味では、ほとんど使われていませんでした

酌む：人の心中を思いやる、あれこれ推察する

ふしぶし：あのこと、このこと

26 常夏

内大臣を困らせる天然女子

主な登場人物

源氏 36歳

夕霧 15歳

玉鬘 22歳

雲居の雁 17歳

弘徽殿の女御 19歳

あらすじ

暑い夏の日、夕霧や家来たちと六条院の釣殿で鮎料理に舌鼓を打つ源氏。そこへ内大臣の子息たちも現れたので、源氏は内大臣の隠し子という噂の近江の君について、皮肉を言ったりしていました。

近江の君は、人好きのする見た目できれいな髪をしていますが、早口で言動も洗練されていないのが気になるところ。そこで内大臣は、自分の娘で、冷泉帝の妃である弘徽殿の女御に近江の君を預けることにします。

内大臣が、そのことを近江の君に伝えると大喜び。「トイレ掃除でも何でもします」と頓珍漢な答えが返ってきました。そのうえで近江の君は早速、女御に自作の歌を贈ったのです。ところが、あまりにも珍妙な内容だったので、女房たちは思わず失笑してしまいました。

齋藤流物語のポイント

この巻のタイトル「常夏」とは、いまの「一年中夏のよう」という意味ではありません。これは源氏の歌、「撫子のとこなつかしき色を見ば もとの垣根や人やたづねむ」（いつも美しい撫子を見れば、人はもとの垣根のことを尋ねるだろう）に由来しています。

常夏は撫子の古称で玉鬘のこと。また、「とこなつかしき」（心が引かれる）と常夏もかかっています。「人」は玉鬘の父、内大臣、「もとの垣根」は母、夕顔のこと。つまり、**「玉鬘の美しさを見たら、内大臣は夕顔のことを思い出し尋ねてくるだろう」というのが本意**なのです。

道化役の近江の君と、悲劇のヒロインの玉鬘。**ふたりの対比が、この巻の読みどころ**となっています。

この日本語に注目！

訳文↓（近江の君に対し内大臣が）「このように、たまにしか会えない親に孝行する気持ちがあるならば、お前のその話す調子をもう少しゆっくりにしてもらえないか。そうすれば、私の寿命もきっと延びるだろうから」と、大臣はふざけながらにやりと笑った。

「かくたまさかに会へる親の孝ぜむの心あらば、このもの宣ふ声を、少しのどめて聞かせ給へ。さらば命も延びなむかし」と、をこめい給へる大臣にて、ほほゑみて宣ふ。

訳文↓（近江の君いわく）「生まれつき、こんな舌なのでしょう。幼いころ、亡くなった母がいつも苦にして注意してくれました。私が生まれるとき、妙法寺の偉いお坊様が産屋でお経を読んでおりましたので、それに感化されて似てしまったと嘆いていらっしゃいました。何とかしてこの早口を直したいのですが」

「舌の本性にこそ侍らめ。幼く侍りし時だに、故母の常に苦しがり教へ侍りし。妙法寺の別当大徳の、産屋に侍りける、あえものとなむ嘆き侍り給びし。いかでこの舌疾さ、やめ侍らむ」

たまさか：機会が数少ないさま、たまに。「2」では「偶然」という意味でした

孝ず：親孝行する

のどむ：ゆったりさせる。「10」では「気を落ち着ける」という意味でしたね

をこめく：ふざける、ばかげて見える。まったく現代人には縁のない言葉ですが、「痴めく」という漢字を見ると、少しは意味がわかるかもしれませんね

本性：生まれつきの性質

あえもの：手本。漢字で「肖え物」と書きます。実は「あやかる」も漢字で書くと「肖る」となるんですね

舌疾し：早口だ

27 篝火（かがりび）

一線は決して越えぬ恋

主な登場人物

源氏 36歳

夕霧 15歳

玉鬘 22歳

柏木 21歳

あらすじ

近江の君の評判は一向によくならず、世間の笑い草になっています。内大臣の評判も落ちてしまいました。玉鬘は源氏の自分への恋心は困るものの、源氏に引き取られたのは幸運だったと感じるようになっていきます。

一方、源氏は変わらず玉鬘に対して、中途半端な感情を持ち続けていました。琴を枕にしてふたりで添い寝をしたこともあります。その際、庭の篝火が消えかかったので再度、焚きつかせ、ふたりは歌を詠み合いました。

と、花散里がいる東の棟から、何やら音楽が聞こえてきます。そこで、そこにいた夕霧と柏木らを招き入れ、演奏させました。柏木は恋心を抱く玉鬘が目の前にいるので、感慨深く演奏していきます。その玉鬘は、自分の兄の演奏にただただ聞き入っていました。

齋藤流物語のポイント

琴を枕にした添い寝という、ちょっと異様なひとときを過ごしたあと、源氏は玉鬘に「篝火に立ち添ふ恋の煙こそ 世には絶えせぬ炎なりけれ」という歌を贈りました。篝火とともに立ち昇る自分の恋の煙は、永遠に消えない恋の炎として燃え続けるという熱い内容です。

対して玉鬘は、「行方なき空に消ちてよ篝火の たよりにたぐふ煙とならば」と返しました。篝火の煙程度の恋の煙なら、果てしない空に消してくださいという意味です。

完全に玉鬘のほうが一枚上手だと思いませんか。それでもなお、玉鬘に恋心を寄せる源氏も、あっぱれでしょう。ただし、**一線は越えないというのがポイント。だから玉鬘は、安心して源氏を受け入れるようになった**のです。

27 篝火

この日本語に注目！

訳文 ↓ （源氏が玉鬘に歌で）この篝火とともに立ち上る恋の煙こそ、燃え尽きることのない私の恋の炎なのです

篝火の立ち添ふ恋の煙こそ 世には**絶えせぬ**炎なりけれ

訳文 ↓ （玉鬘が源氏への返歌で）そんな煙のような恋ならば、空にあとかたもなく消し去ってくださいませ

行方なき空に**消ち**てよ篝火の **たより**に**たぐふ**煙とならば

訳文 ↓ 源氏と玉鬘は、琴を枕にして一緒に横になっていた。源氏は、こんな状況で何もないなんてあるのかと、ため息をもらし夜ふかししていた。だが、周りから変な目で見られることを警戒して、自分の部屋に戻ろうとしたとき、庭の篝火が消えかけていたので、お供の右近を呼び、火をつけさせた。

御琴を枕にて**もろともに**添ひ臥し給へり。**かかるたぐひ**あらむや、と、**うち嘆き**がちにて夜ふかし給ふも、人の咎め奉らむことをおぼせば、渡り給ひなむとて、御前の篝火の少し消え方なるを、御供なる右近の大夫を召して、ともしつけさせ給ふ。

絶えす：途切れる
行方：行く先
消つ：消す
たより：縁、ゆかり
たぐふ：一緒になる、寄り添う、連れ添う
もろともに：いっしょに
かかる：このような
たぐひ：例、～ようなもの。ここでの「かかるたぐひあらむや」は「こんなことがあるのだろうか」、つまり「男女が添い寝して何も起きないなんてあるのだろうか（いやない）」という、反語表現になっています
うち嘆く：ふっとため息をつく

28

野分（のわき）

平安時代に起きた「台風クラブ」騒動

主な登場人物

源氏 36歳
紫の上 28歳
夕霧 15歳
明石の君 27歳
明石の姫君 8歳
玉鬘 22歳

あらすじ

8月、六条院を激しい台風が襲いました。翌朝、六条院を訪れた夕霧（ゆうぎり）は、庭の縁側でたたずんでいる紫（むらさき）の上（うえ）の姿を垣間見ます。初めて目にした紫の上は、まるで樺桜（かばざくら）のような美しさ。夕霧は、すっかり心を奪われてしまいました。夕霧の魂の抜けた雰囲気から源氏は直感で、紫の上を見たのだと気づきます。

翌日、源氏は夕霧をともない、中宮、明石（あかし）の君（きみ）、玉鬘（たまかずら）を見舞いました。そこで夕霧は、父と玉鬘の親子以上の親密な雰囲気に違和感を覚えるとともに、玉鬘の八重山吹（やえやまぶき）のような美しさに驚きます。さらに、見舞いに行った明石の姫君が不在だったので、想いを寄せる雲居（くもい）の雁（かり）に手紙を書きました。戻ってきた姫君を垣間見た夕霧は、まるで風になびく藤の花のような美しさだと、見とれてしまいました。

齋藤流物語のポイント

源氏が夕霧を六条院に住まわせなかったのは、自分と藤壺のように紫の上と関係を持たないようにするためでした。**源氏は自分のDNAを持つ夕霧を警戒していた**のでしょう。しかし、台風というイレギュラーな出来事から、夕霧は紫の上など六条院に住む女性たちを垣間見てしまいます。この設定がかなりドラマチックですね。ちなみに、**「野分」とは台風のこと**です。

そして、夕霧は独特の感性で、彼女たちの美しさを花にたとえていきます。普通に会うのではなく、そっと垣間見るという状況で女性の美しさを浮き彫りにする。いまも昔も読者をドキドキさせる描写と言えるでしょう。**ストーリーは非常にシンプルですが、台風の激しさと、花、女性の美しさが綾なす非常に風情のある巻**です。

この日本語に注目！

訳文↓（紫の上を見た夕霧は）春の明け方、霞のあいだから、美しい樺桜が咲き乱れているのを目にしたような気持ちになった。どうにもならず、ながめている自分の顔にも降りかかってくるほど、その魅力は周りに広がっている。このうえなき最高の美人だった。

春の**曙**の霞の間より**おもしろき**樺桜の咲き乱れたるを見る心地す。**あぢきなく**、見奉る我が顔にも移り来るやうに、愛敬は匂ひ散りて、**またなくめづらしき**人の御さまなり。

訳文↓（紫の上の）お側に仕える女房たちも、おのおのきれいな人ばかりなようだが、（夕霧は）他の人に目が移ることなどなかった。

御前なる人々も、さまざまにもの**清げ**なる姿どもは見渡さるれど、**目移る**べくもあらず。

訳文↓（夕霧は）玉鬘の美貌は、姉弟といっても、少し血縁は薄い腹違いだと思うと、恋に落ちてしまわないわけがない、と思ってしまう。

女の御さま、げに**同胞**といふとも、少し**立ちのき**て、**異腹**ぞかし、など思はむは、などか**心誤り**もせざらむ、とおぼゆ。

曙：夜明け頃。かの有名な清少納言の『枕草子』の冒頭「春はあけぼの。やうやうしろくなりゆく山ぎは、少しあかりて、紫だちたる雲の細くたなびきたる」はあまりにも有名ですね

おもしろし：美しい

あぢきなし：どうにもならない、はかない

またなし：このうえない、またとない

めづらし：愛すべきだ、素晴らしい

清げ：美しい、きれいだ

目移る：目先が変わる、他のことに心が惹かれる

同胞：母が同じ兄弟姉妹。ここでは姉弟

訳文↓玉鬘を見ると、いまが盛りと咲き乱れ、露の落ちた八重山吹の花が、夕日の光を浴びて輝く姿を、ふと思い浮かべずにはいられない。いまの季節に合わないたとえだが、夕霧にはそのように思われた。花は美しいといっても限りがあり、見た目のよくないめしべ、おしべが混じっていることもあるが、玉鬘の美しさは、たとえようもないものだった。

八重山吹の咲き乱れたる盛りに、露のかかれる**夕映え**ぞ、ふと思ひ出でらるる。折に合はぬ**よそへ**どもなれど、なほうちおぼゆるやうよ。花は限りこそあれ、**そそけ**たる蕊なども交じるかし。人の御容貌のよきは、たとへむ方なきものなりけり。

台風により吹き上がった御簾を押さえる女房と、その様子をじっと見つめる夕霧（手前）。（『源氏香の図・野分』より）

立ちのく：あいだが隔たる、離れる。「立ち」は動詞について意味を強める接頭語です

異腹：父親は同じで母親が異なること。腹違い

心誤り：心得違い、思い違い、正常でいられない様子

夕映え：夕方になり、昼間よりも、ものの色彩などが、夕陽に映えてはっきりと見えること

よそへ：たとえ、他のものになぞらえること

そそく：髪、草などがほつれる、乱れる、くしゃくしゃになる

源氏氏が造営した大邸宅・六条院

六条院は光源氏が34歳のときにつくり始めた大邸宅。
当時の貴族、源融の邸「河原院」などがモデルとされています。

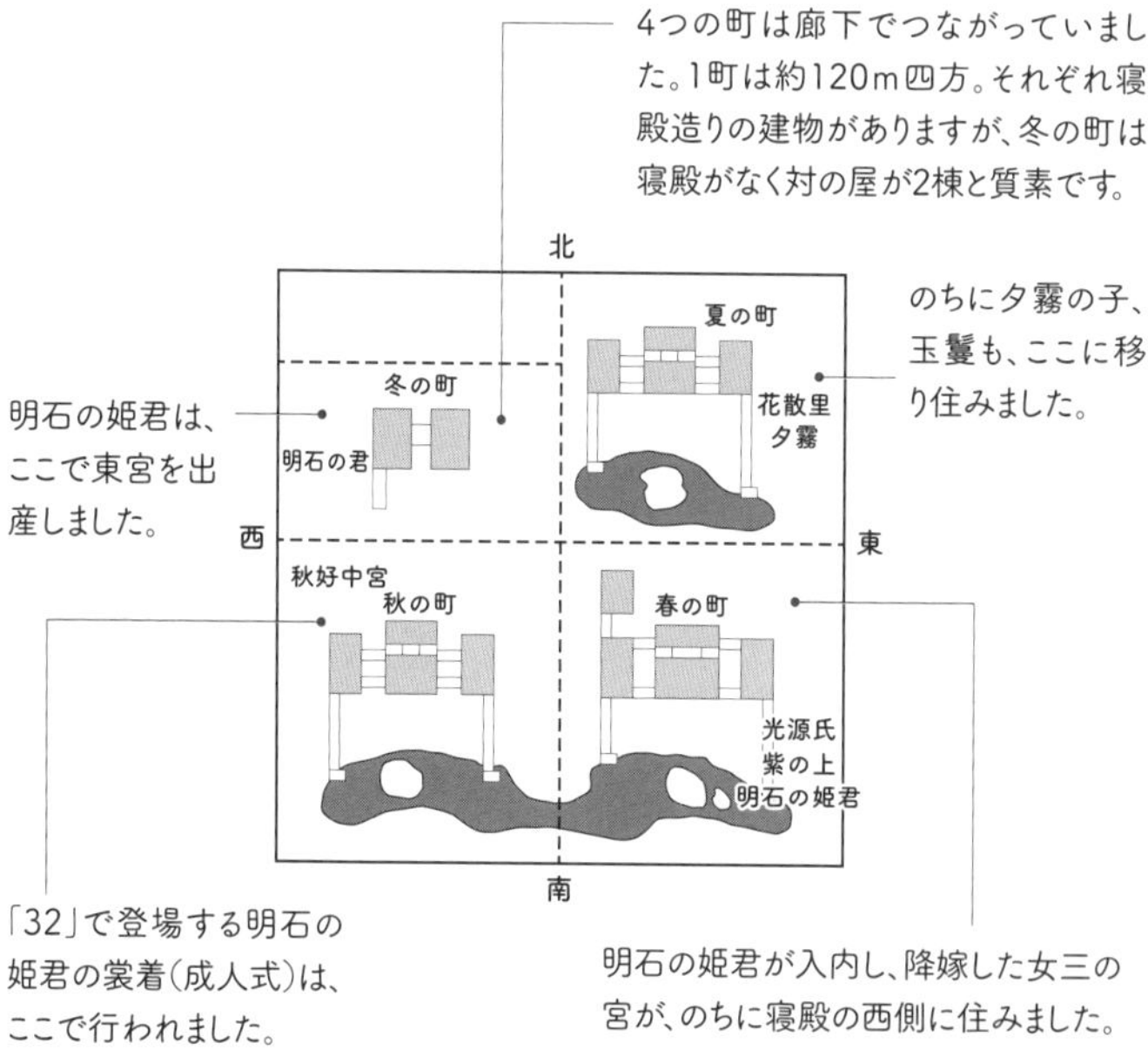

4つの町は廊下でつながっていました。1町は約120m四方。それぞれ寝殿造りの建物がありますが、冬の町は寝殿がなく対の屋が2棟と質素です。
北
夏の町
のちに夕霧の子、玉鬘も、ここに移り住みました。
冬の町
花散里
夕霧
明石の姫君は、ここで東宮を出産しました。
明石の君
西
東
秋好中宮
秋の町
春の町
光源氏
紫の上
明石の姫君
南
「32」で登場する明石の姫君の裳着(成人式)は、ここで行われました。
明石の姫君が入内し、降嫁した女三の宮が、のちに寝殿の西側に住みました。

平安時代の住宅事情

当時、貴族は「寝殿造り」の家に住んでいました。主たる寝殿が南向き、その東西に対という副屋、さらに庭には池や築山もある大邸宅です。一方、庶民は都市部は長屋、そして地方では、なんと竪穴式住居に住んでいたのです。竪穴式は江戸時代の遺跡でも見つかっています。

29 行幸（みゆき）

娘が取り持つライバルの一時休戦

あらすじ

12月、大原野（おおはらの）への冷泉帝（れいぜいてい）の行幸を見物しに行った玉鬘（たまかずら）。そこで、実の父である内大臣や、自身に思いを寄せる髭黒（ひげくろ）の大将（たいしょう）を初めて見ました。

一方、玉鬘の裳着（もぎ）（成人式）の準備を進める源氏。それを機に、母の大宮（おおみや）のとりなしで、ライバルの内大臣と久しぶりに会いました。そして、玉鬘のことを源氏は内大臣に打ち明けたのです。驚くとともに、探していた娘の存在をようやく知り、喜んだ内大臣。ふたりは、まるで若かりし頃の「雨夜（あまよ）の品定（しなさだ）め」のように、深夜まで話し込みました。

さらに、源氏は玉鬘を尚侍（ないしのかみ）として宮仕えさせることを決めます。皆も納得するなか、ひとりだけ不満そうな人が。実は尚侍になりたいと思っていた近江の君、その人でした。

主な登場人物

源氏 36～37歳

内大臣 ?歳

玉鬘 22～23歳

冷泉帝 18～19歳

齋藤流物語のポイント

天皇のおでかけという意味の「行幸」で冷泉帝の姿を見た玉鬘は、「うちきらし朝曇りせしみ雪には さやかに空の光やは見し」と詠みました。朝曇りした雪空の下、帝の姿（空の光）をはっきりと見られませんでした、という意味です。**玉鬘は帝に惹かれていました。**

さらにこの巻では、**源氏が内大臣（かつての頭（とう）の中将（ちゅうじょう））に玉鬘が内大臣と夕顔（ゆうがお）の娘だということを話します**。ライバル同士ではあるものの、若い頃は一緒に遊んでいた間柄なので、正直に話したところを理解してくれたという、男同士の友情も感じられるシーンです。しかし、ふたりが政敵であることに変わりはありません。**この先も腹の探り合い、競争相手として関係が続いていく**のです。

この日本語に注目！

訳文↓源氏は、玉鬘のことを、この機会にそれとなく話した。その話を聞いた内大臣は、「ひどく胸にしみる、信じられないような話なのだが」と、涙が先にこぼれて止まらない

そのついでに**ほのめかし**出で給ひてけり。大臣、「いとあはれに、**珍かなる**ことにも侍るかな」と、まづうち泣き給ひて

訳文↓若かりし頃の「雨夜の品定め」での、さまざまな恋愛話の論議を思い出して、泣いたり、笑ったり、源氏も内大臣も心を開き合った。

かの**いにしへ**の雨夜の物語に、色々なりし御**むつごと**の定めをおぼし出でて、泣きみ笑ひみ、皆**うち乱れ**給ひぬ。

訳文↓（源氏が玉鬘への返歌で）光（帝）は空で曇りなく輝いていたのに、どうして目を曇らせて、行幸でのお姿をご覧にならなかったのだろう

あかねさす光は空に曇らぬを**などて**み雪に目を**きらし**けむ

ほのめかす：やんわりと示す、それとなく言う

珍かなり：めったにない

いにしへ：以前、過去のこと。ちょっと前のことを指す場合も使います

むつごと：親しく語り合う話、うちとけた会話。ここでは過去に話した「恋愛話」のことです

うち乱る：打ち解ける、くつろぐ

あかねさす：赤い色が差して輝く様子から「光」などの枕詞

などて：なぜ

きらす：霧や雪などが（辺りを）曇らせる、（目を）曇らせる

30 藤袴

親が定めた道に迷う玉鬘

主な登場人物

源氏 37歳

夕霧 16歳

玉鬘 23歳

あらすじ

玉鬘が宮仕えするか悩んでいたある日、夕霧と玉鬘の祖母、大宮が亡くなりました。源氏の使いとして玉鬘を訪ねた夕霧は、藤袴の花を差し出し、恋の歌を詠みます。しかし、玉鬘に相手にされず、夕霧は「余計な告白をしてしまった」と後悔しました。

一方、玉鬘の求婚者たちは、彼女が宮仕えし冷泉帝の寵愛を受けたら自分のチャンスがなくなるので、玉鬘の気を引こうと必死です。髭黒の大将も熱心に玉鬘に言い寄っていました。内大臣はふたりの結婚に前向きでしたが、源氏は、髭黒の大将は既婚者であり、しかも妻との関係が悪いので、玉鬘が余計な人間関係に巻き込まれては、と気が進みません。

当の玉鬘は、求婚者のなかで唯一、蛍兵部卿の宮の手紙にだけなぜか返事をします。

齋藤流物語のポイント

玉鬘は、源氏の意向で尚侍として帝に仕えることに。だが実は、**源氏は宮仕えした玉鬘と宮中で密会できると期待していた**のです。源氏の玉鬘への執着は、凄まじいものがありますね。

一方、玉鬘は多くのラブレターのなかから蛍兵部卿の宮にだけ返書を送っていますが、とくに前向きな内容ではありません。この巻は、源氏の玉鬘への想い以外、登場人物の気持ちが、いずれもなんだかモヤモヤっとしています。

とくに玉鬘は、ただ流れに身を任せるしかない、気の毒な環境に置かれています。髭黒との結婚についても実の親、内大臣は賛成の一方、養父の源氏は反対です。**当時の女性の運命は親の意向次第**。つまり、**親に左右される「親ガチャ」が当たり前だった**と言えるわけです。

この日本語に注目！

訳文↓（源氏が玉鬘を自分のものにしようとしていると語る内大臣に対して）ずいぶんと悪いように考えたもんですな。

いと**まがまがしき**筋にも**思ひ寄り**給ひけるかな。

訳文↓「あの内大臣に、何としてでも、私の潔白を知らせたいものだ」と源氏は考えた。「それにしても玉鬘を宮仕えさせる本当の目的（宮中での密会）という、どう考えてもわからないはずのことを、よくも内大臣は見破ったものだ」と、源氏は気味悪い思いをしていた。

「かの大臣に、いかで、かく**心清き**さまを、知らせ奉らむ」とおぼすにぞ、「げに宮仕への筋にて、けざやかなるまじく**紛れ**たるおぼえを、賢くも思ひ寄り給ひけるかな」と、**むくつけく**おぼさる。

訳文↓（玉鬘が蛍兵部卿の宮に贈った返歌で）自分から光に向かう葵（玉鬘）でさえ、朝に降りた霜（蛍兵部卿の宮）をどうして自分で消しましょうか

心もて光に向かふ葵**だに**朝**おく**霜をおのれやは消つ

まがまがし：不吉である、縁起が悪い、けしからん

思ひ寄る：思い当たる、思いつく、考えつく

心清し：心が清らかである、潔白だ

紛る：紛れる、見分けがつかなくなる。百人一首「わたの原 漕ぎ出でて見れば 久かたの 雲ゐにまがふ 沖つ白波」にも出てきますね。「白い雲と見間違えるくらい、沖の白波が立っていた」という意味です

むくつけし：薄気味悪い、不気味だ

心もて：自分から進んで

だに：～さえ

おく：露や霜などが降りる

31 真木柱

家庭を壊した夫への一撃

主な登場人物

源氏 37〜38歳
内大臣 ？歳
玉鬘 23〜24歳
髭黒の大将 32〜33歳
真木柱 12〜13歳

あらすじ

髭黒の大将は、玉鬘の女房の手引きで強引に玉鬘と関係を結びます。自分の不運を嘆く玉鬘。源氏も困惑しましたが、内大臣は、玉鬘が宮仕えしても、すでに娘の弘徽殿の女御が宮中におり、ふたりも面倒は見られないので、髭黒の大将との縁に満足していました。

一方、髭黒の大将には仲が冷め切った正妻、北の方がいます。ある雪の夜、玉鬘のもとへ出かける夫の支度をしていた北の方が突然錯乱し、薫物の香炉の灰を夫に浴びせかけました。それ以来、髭黒の大将は北の方を疎ましく思い、北の方も夫が可愛がっていた真木柱ら子どもたちと、実家に帰ってしまいます。

玉鬘に会えないさびしい日々を送る源氏。やがて、玉鬘は美しい子どもを産みます。髭黒の大将は幸せの絶頂にいました。

齋藤流物語のポイント

この巻に登場する髭黒の大将の娘、真木柱はかわいそうな女性です。**父親が若い女に入れあげ、正妻である母を顧みない**。そして、**母は母で物の怪が憑いたかのように暴れるようになってしまい、挙句、真木柱自身も住み慣れた家を出ざるを得なくなる……**。こんな話は、現代でもあり得ることかもしれません。

一方で、北の方が怒りのあまり香炉の灰を夫に浴びせるというシーンがあるように、女性は我慢ばかりしていたわけではありません。無論、髭黒の大将のほうがはるかに自由奔放ですが。

ここまででも玉鬘は十分悲運でしたが、この「玉鬘十帖」のラストで、好きでもない髭黒の大将と結婚し、子どもまでできます。こうした**決してハッピーエンドではない終わり方もまた、源氏物語のリアルさの表れ**と言えるでしょう。

この日本語に注目！

訳文↓北の方は、着古した衣服を身につけた普段着姿で、しかもやせ細って弱々しい。もの思いに沈んだ表情が、とても哀れに思われる。

自らは、**萎え**たる御衣どもに、**うちとけ**たる御姿、いと細うか弱げなり。**しめり**ておはする、いと心苦し。

訳文↓北の方は、髭黒の大将の後ろに近寄り、香炉の灰をざっと浴びせかけた。周りが制止する間もなく、不意のことだったので、髭黒も呆然としている。細かい灰が、目や鼻にも入って、ぼんやりしていて何もわからない。髭黒は灰を払いのけたが、一面に立ちこめているので、着物をすっかり脱いでしまった。

殿の後ろに寄りて、さと**沃かけ**給ふほど、人のややみあふるほどもなうあさましきに、**あきれ**てものし給ふ。さる細かなる灰の、目鼻にも入りて、**おぼほれて**物もおぼえず、払ひ捨て給へど、立ち満ちたれば、御衣ども脱ぎ給ひつ。

萎ゆ：着古した、衣服が柔らかくなる

うちとく：くつろぐ、のんびりする。いまは「相手と仲よくなる」といった意味で使われますが、当時はむしろ「緊張が解ける」、あるいは「油断する」といったように、自分の心理状態を表すときに使われていました

しめる：もの思いに沈む、しんみりする。漢字で「湿る」と書きます。いまでも重く、沈痛な雰囲気のことを「湿っぽい」と言いますよね

沃かく：浴びせかける、そそぎかける

訳文↓北の方が正気でこのようなことをしたら、髭黒もあきれて二度と気にかけたくないほどだが、いつもの妖怪が、髭黒から嫌われるように仕向けていることだと、お側の女房たちも気の毒そうに見ている。

うつし心にてかくし給ふぞと、思はば、また**顧み**すべくもあらずあさましけれど、**例の**御物の怪の、人に**疎ま**せむとする業と、お前なる人々も、いとほしう見奉る。

訳文↓（真木柱が家を離れる際に詠んだ歌で）いま、この家を出ていきますが、慣れ親しんだ真木の柱は私を忘れないでね

今はとて宿**かれ**ぬとも**慣れ**来つる　真木の柱は我を忘るな

怒りを静かに爆発させ、髭黒の大将に灰をかける妻の北の方。（『絵入源氏物語・真木柱』より）

あきる：呆然とする、途方に暮れる。漢字は「呆る」と書きますが、現代のような「彼にはあきれたわ」というような意味はないので要注意です

おぼほる：ぼんやりする、正気を失う。漢字で書くと「惚ほる」となります。

うつし：正気である、気持ちがしっかりしている

顧み：気にかけること

例の：いつもの、あの

疎む：いやだと思って避ける、嫌う

かる：離れる、遠ざかる

慣る：打ち解ける、親しくなる。現代の「慣れる」という意味もあります

源氏と髭黒も親戚関係にあった！

当時は近親婚が当たり前。

物語では3親等なら結婚は問題なしという設定になっています。

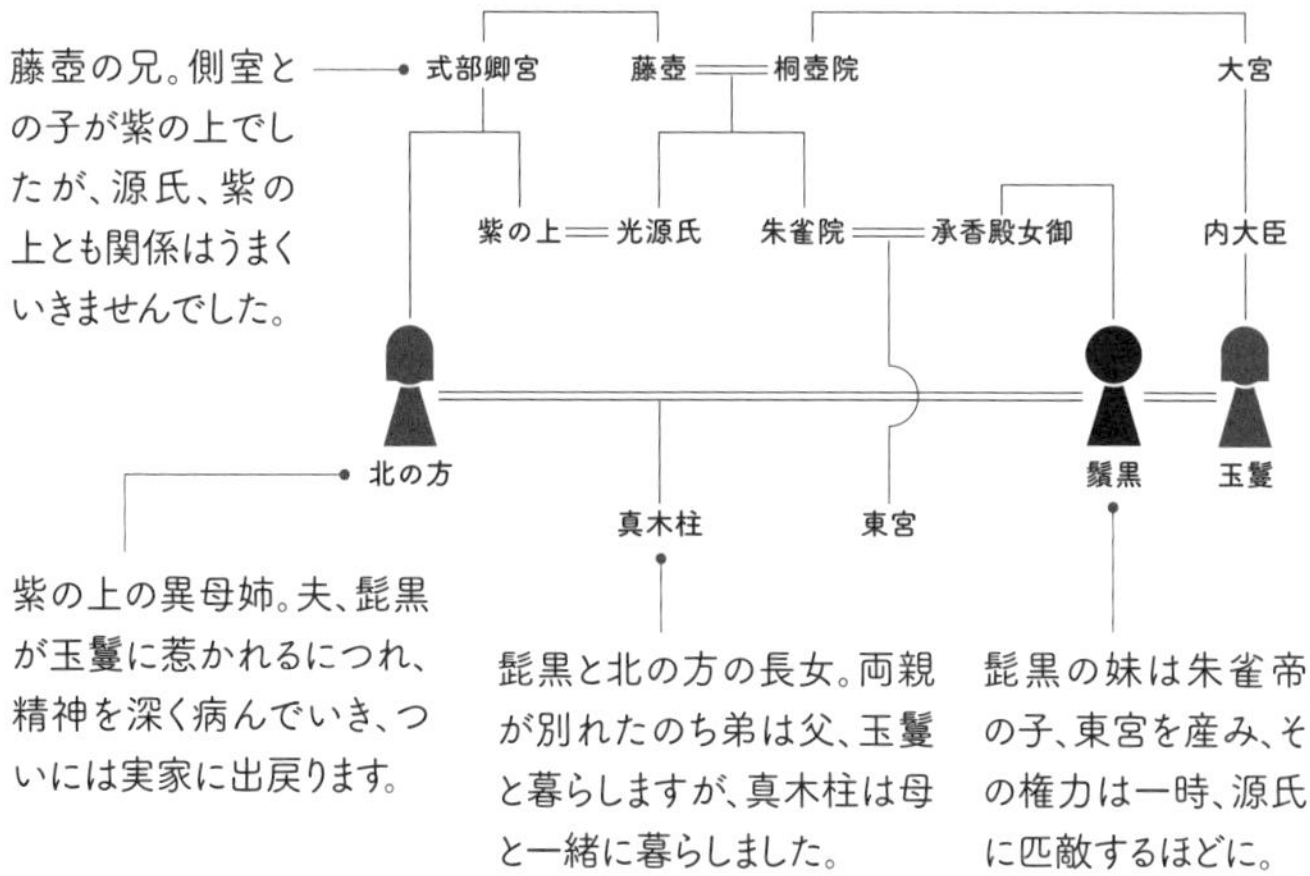
藤壺の兄。側室との子が紫の上でしたが、源氏、紫の上とも関係はうまくいきませんでした。
式部卿宮
藤壺
桐壺院
大宮
紫の上
光源氏
朱雀院
承香殿女御
内大臣
北の方
鬚黒
玉鬘
真木柱
東宮
紫の上の異母姉。夫、髭黒が玉鬘に惹かれるにつれ、精神を深く病んでいき、ついには実家に出戻ります。
髭黒と北の方の長女。両親が別れたのち弟は父、玉鬘と暮らしますが、真木柱は母と一緒に暮らしました。
髭黒の妹は朱雀帝の子、東宮を産み、その権力は一時、源氏に匹敵するほどに。

髭黒の大将とは何者？

髭が濃く、肌が浅黒いことから後世、そう呼ばれるようになった髭黒の大将。突如現れ、モテモテだった玉鬘を半ば強引に奪っていく展開に、「え？」となった読者も多いかもしれません。ただ、その家柄はなかなかのもの。父は右大臣で、妹は朱雀帝の女御です。しかも、最終的に父を超えて太政大臣にまで昇りつめました。

肝心の玉鬘との結婚生活では3人の男子と、2人の女子をもうけています。これを見るに、それなりに結婚生活は順調だったのではないでしょうか。

44「竹河（たけかわ）」は髭黒の死から話が始まります。残された玉鬘が子どもの幸せについて悩む姿からも、逆説的に生前の髭黒の権勢がいかにすごかったか、しんみりと伝わってくるのです。

32 梅枝

恋多き男の意外な結婚観

主な登場人物

源氏 39歳

夕霧 18歳

雲居の雁 20歳

あらすじ

源氏は、明石の姫君の裳着の準備をします。裳着に続き入内の予定のため、香を調合することに。そして、秋好中宮（六条の御息所の娘）の御殿で裳着の儀式が行われました。そこで、紫の上は中宮と初めて対面します。

貴族たちは自分の娘も入内させたく考えていましたが、帝の寵愛争いで明石の姫君に負け不幸になるのでは、と及び腰に。この噂を聞いた源氏は、「それでは張り合いがない」と、明石の姫君の入内を延期します。

一方、内大臣は、縁談話もなく、自宅に引きこもっている娘、雲居の雁のことが心配でなりません。夕霧との仲を引き裂いてしまったのだから、いまさら娘をもらってほしいと頼むこともできない父。同様に源氏も、夕霧の結婚について心配していました。

齋藤流物語のポイント

明石の姫君の裳着や入内を引き合いに、当時の行事のルールや時代背景がよくわかる巻です。それとともに、結婚を夢見る息子の夕霧に源氏がこれまでの自分の経験や反省を織りまぜ、結婚の現実について語る場面がメインとなります。

源氏は夕霧に「女性にはやたらちょっかいを出さないほうがいい」とか「立派な人物でも女性問題でしくじることはある」など説教をたれますが、「どの口が言う」とあきれてしまうほど。しかし、実際**源氏は、我慢できないことがあっても、縁があって結婚した人とは、長所を認め、長く暮らすべきだという独自の結婚観も披露**しています。源氏が女性好きであることは言を俟ちません。ただし、**出会った女性のことは長く愛するという一貫性も持っていた**のです。

この日本語に注目！

訳文↓（源氏が夕霧に対して）女性に対して非常に高望みしたところで、自分の思うようになどいかず、考えるにも限界があるから、浮気心は起こさないほうがいい。

いみじう思ひ上れど、心にしも**適は**ず、限りあるものから、すきずきしき心遣はるな。

訳文↓軽率だという非難を受けやしないかと、慎重に行動していたのに、それでも女好きなどという悪名を背負わされ、社会的にも恥ずかしい思いをさせられたのだ。

かろがろしき**譏り**をや負はむと**つつみ**しだに、なほすきずきしき咎を負ひて、世に**はしたなめ**られき。

訳文↓気を許して好き放題やっていると、浮気心を抑える妻などがいない場合、女性関係のことで、立派な人でさえ昔から失敗した例があったのだ。

心おのづから**おごり**ぬれば、**思ひしづむ**べき**種**なき時、女のことにてなむ、賢き人、昔も乱るる例ありける。

いみじ：ひどく。「17」では「並ではない」という意味でしたが、ここでは「大変」「ひどく」という意味で使われています

思ひ上る：志を高く持つ

適ふ：思い通りになる、その通りになる

かろがろし：軽率だ、軽はずみだ

譏り：悪口、非難

つつむ：気がねする、はばかる、遠慮する。漢字では「慎む」と書きます

はしたなむ：きまりの悪い思いをさせる、いましめる、非難される。「12」で登場した「はしたなし」の動詞形です

訳文 ↓恋してはならない女性に想いを寄せて、相手の浮き名まで世間に知れ渡り、自分も恨みを買うのは、生涯ついて回る手かせ、足かせになる。

さるまじきことに心をつけて、人の名をも**立て**、みづからも恨(うら)みを負ふなむ、**つひ**の**絆**(ほだし)となりける。

子どもの結婚で悩む親同士、内大臣は琴を弾き（左端）、源氏は横笛を吹く。（『源氏香の図・梅が枝』より）

おごる：思い上がる、わがままに振る舞う

思ひしづむ：心をしずめる、気持ちを落ち着かせる

種：物事を引き起こす原因、たね。ここでは「心をしずめる原因、たね＝妻（など）」ということです。「くさ」とも読みます

立つ：知れ渡る、広がる。ここでは「人の名をも立て」で、「相手の浮き名も広がってしまう」ということになります

つい：人生の終わり、死

絆：手かせ・足かせ、人を束縛するもの。ここでは「つひの絆」で「一生の足かせ」という意味になります

平安時代の貴族のランクとは？

官職とは貴族がつく役職名のこと。位階は、その人の位のことです。
律令制のもと、中央の行政組織として二官八省が置かれました。
神祇官は祭祀をつかさどりましたが、
政治を行う太政官より実際の力は低かったといいます。
八省は、それぞれの政務を担当した組織です。

官名／位階		二官		八省	
		神祇官	太政官	中務省	式部省・治部省・民部省・兵部省・刑部省・大蔵省・宮内省
正一位			太政大臣		
従一位					
正二位			左大臣 右大臣 内大臣		
従二位					
正三位			大納言		
従三位			中納言		
正四位	上			卿	
	下		参議		卿
従四位	上		左右大弁		
	下	伯			
正五位	上		左右中弁	大輔	
	下		左右小弁		大輔 大判事
従五位	上			少輔	
	下	大副	少納言	侍従 大監物	少輔
正六位	上	少副	大外記 左右大史	大内記	
	下			大丞	大丞 中判事
従六位	上	大祐		少丞 中監物	少丞
	下	少祐			少判事

33 藤裏葉（ふじのうらば）

ついに現実となった占いの答え

あらすじ

内大臣は藤の真っ盛りに、藤の花の宴を催し、夕霧を招待しました。そして、雲居の雁との結婚を許します。柏木が夕霧を雲居の雁の部屋へ案内し、6年ぶりの再会を果たし、ふたりの長年の想いが成就しました。

その後、明石の姫君の入内が決まり、紫の上は実母の明石の君を後見に推薦。明石の姫君の入内後、紫の上と明石の君は初めて対面し、お互いを認め合いました。明石の君と姫君も、また8年ぶりの再会を喜びます。

秋、源氏は准太上天皇という、皇位を譲った天皇と同じ待遇になりました。同時に内大臣は太政大臣、夕霧は中納言に昇進します。11月には、冷泉帝と朱雀院を自邸、六条院に招くという異例の宴席も実現。こうして源氏の一族は、栄華の絶頂を極めたのです。

主な登場人物

源氏 39歳

内大臣 ？歳

夕霧 18歳

雲居の雁 20歳

明石の君 20歳

明石の姫君 20歳

齋藤流物語のポイント

この巻で、源氏の息子、夕霧と内大臣の娘、雲居の雁がついに結ばれました。ちなみに**「雲居の雁」という名前は、本文には登場しません。**ただ、21「乙女」で、夕霧と引き離されたわが身を「（霧深き）雲居の雁もわがことや」（霧深い雲中を飛ぶ雁も私と同じような気持ちなのかしら）と口にする場面から、「雲居の雁」と呼ばれるようになったのです。

他方、源氏は臣下の域を超えた「准太上天皇」になります。1「桐壺」で高麗の占い師が、源氏のことを「帝の相だが～」と予言しました。まさに、それが実現したのです。ここにおいて、**源氏一族は「わが世の春」を謳歌します。しかし、話がそこで終わらないのが、この物語のこの物語たるゆえん**と言えるでしょう。

33 藤裏葉

この日本語に注目！

訳文↓（内大臣が歌を口ずさみ）春の光のさす藤の裏葉の裏（心）のわだかまりをなくし、（夕霧が）信頼してくれるなら私もあなたを信じよう

春日さす藤の裏葉の**うらとけ**て　君し思はば我も頼まむ

訳文↓（雲居の雁が夕霧に）「私たちのことが噂として広がったのは、あなたの口からでしょう。どうして秘密を漏らしたのですか。あんまりです」と、話す様子は実に子どもっぽい。

「**浅き**名を言ひ流しける河口は　いかが漏らしし関の荒垣　**あさまし**」と宣ふさま、いと**子めきたり**。

訳文↓明年、源氏が40歳におなりになる。その祝賀の宴のことを、帝をはじめ申し上げて、世を挙げて大変な準備である。そして秋には、太上天皇に準じる待遇となり、官からの支給も増え、官職と位階なども増加していった。

明けむ年、四十になり給ふ、御賀のことを、朝廷よりはじめたてまつりて、大きなる世の**いそぎ**なり。その秋、太上天皇に**なずらふ**御位得給ふて、御封加はり、年官年爵など、皆添ひ給ふ。

うら：心、思い。「心のなか」を表す接頭語として、「うらさびし」などとも使います。ここでは「裏」と「心」をかけています

とく：わだかまりがなくなる、打ち解ける

浅し：軽い、よくない

あさまし：あんまりだ。「3」では「驚くばかり、意外だ」という意味で使われていましたね

子めく：子どもっぽい

いそぎ：準備、支度。『徒然草』に出てくる「春のいそぎ」とは「正月の準備」という意味です

なずらふ：類する。準ずる

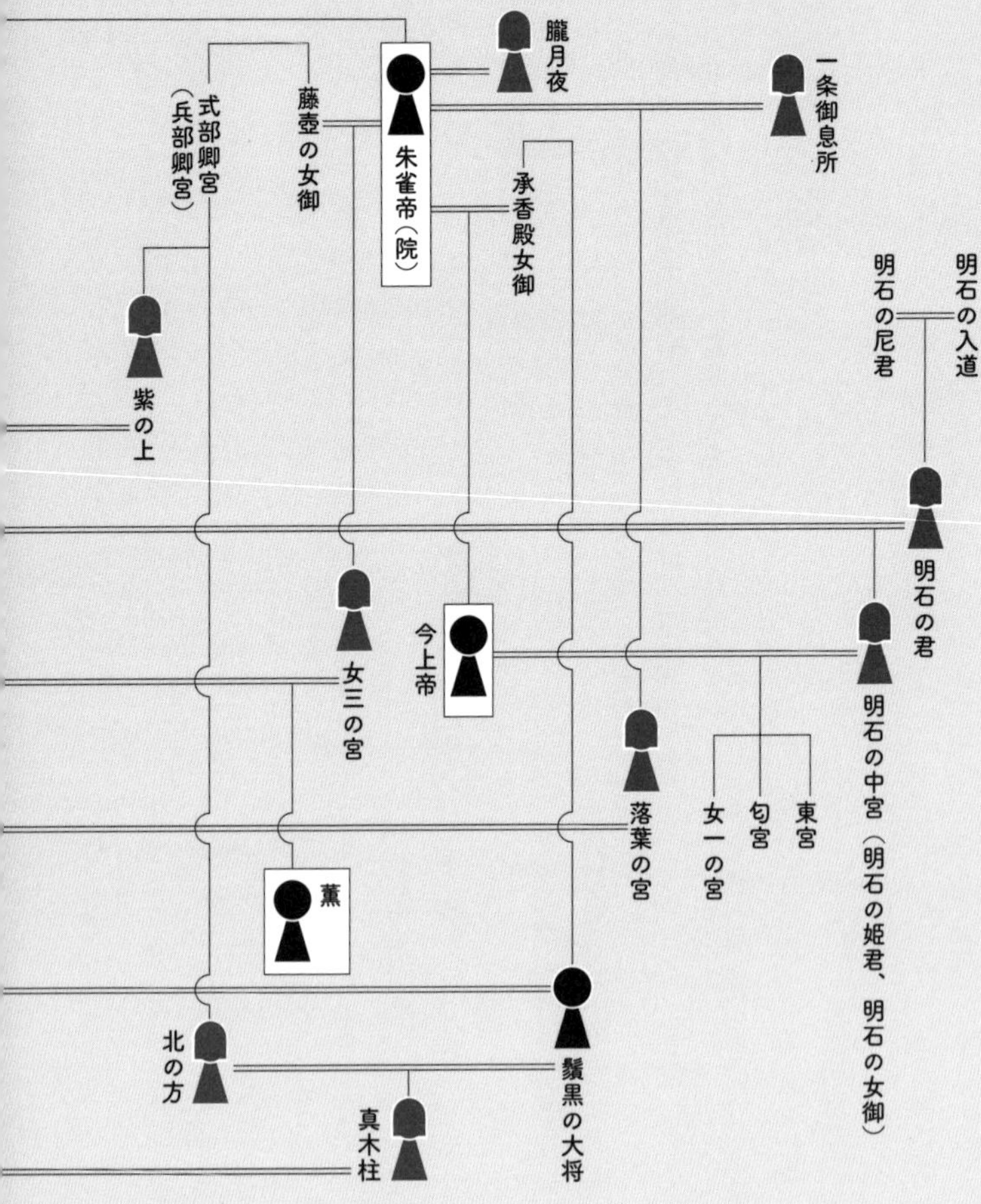
朧月夜
一条御息所
式部卿宮（兵部卿宮）
藤壺の女御
朱雀帝（院）
承香殿女御
明石の入道
明石の尼君
紫の上
明石の君
女三の宮
今上帝
明石の中宮（明石の姫君、明石の女御）
落葉の宮
女一の宮
匂宮
東宮
薫
北の方
鬚黒の大将
真木柱

第2部

消えゆく光源氏

（34若菜上～41幻）

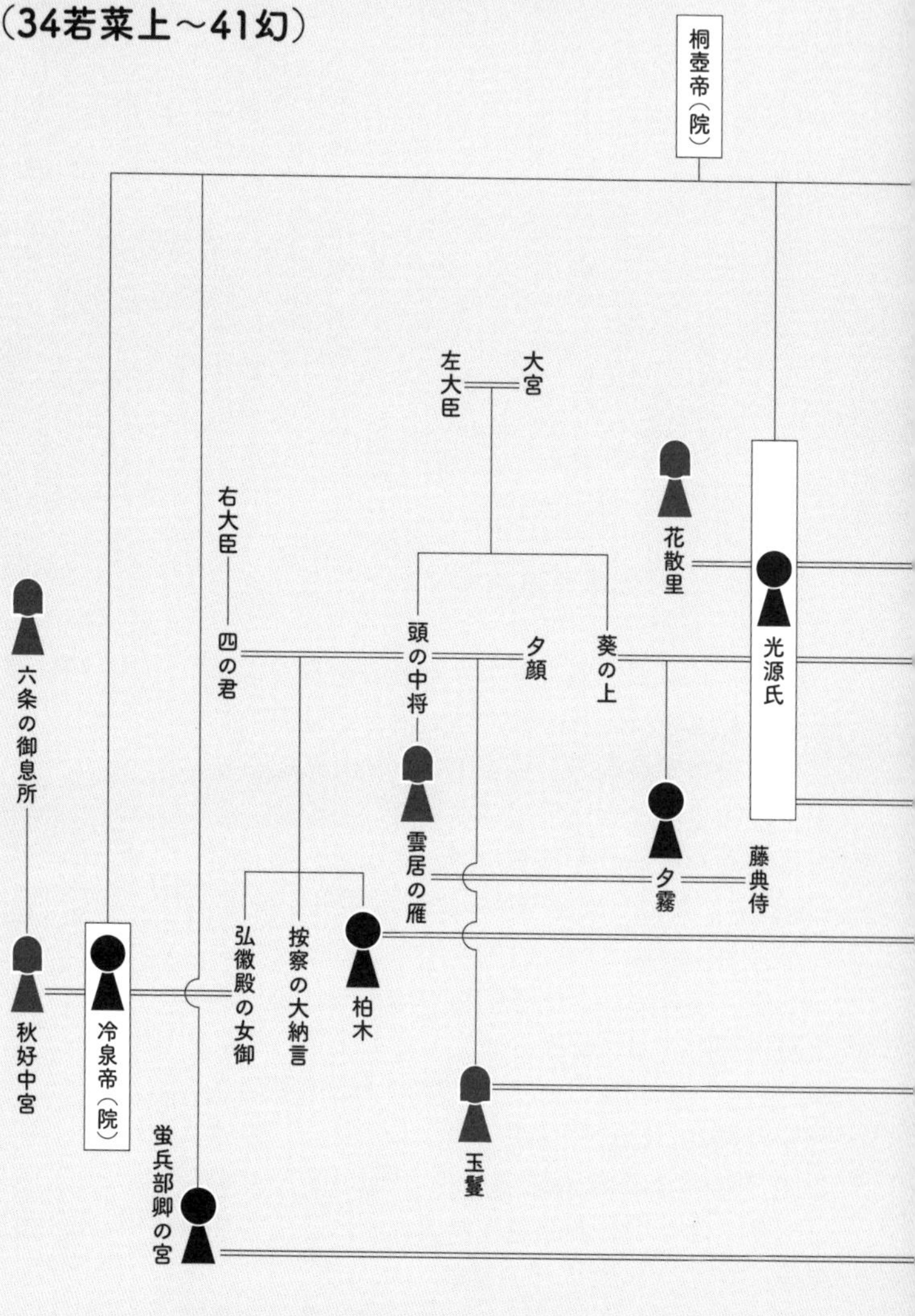

34

若菜上（わかなのじょう）

幼な妻とともに忍び寄る波乱

主な登場人物

源氏 39〜41歳
紫の上 31〜33歳
女三の宮 13〜15歳
明石の君 30〜32歳
夕霧 18〜20歳
柏木 23〜25歳
玉鬘 25〜27歳

あらすじ

源氏の兄の朱雀院は、体調が思わしくないので出家を考えていましたが、子どもたちのことが心配でなりません。なかでも後見のない娘、女三の宮が気がかりだったので、悩んだ末に源氏に縁談を持ちかけます。源氏は辞退を考えますが、女三の宮は藤壺の姪で、なおかつ身分も高いことから、この話を受け入れ、六条院に迎え入れました。しかし、女三の宮があまりに幼いので、源氏は落胆します。

一方、女三の宮と源氏の結婚を打ち明けられた紫の上。自分こそが「源氏の最愛の人」だと思っていたので、冷静を装っていましたが、心中は穏やかではありません。また、源氏の甥の柏木も女三の宮に求婚していましたが、源氏の妻となったいまはどうすることもできず、悶々としていたのです。

齋藤流物語のポイント

巻名の「若菜」は、玉鬘から長寿を願って贈られた若菜を、源氏が歌に詠んだことに由来します。物語中**最長のため上下に分かれていますが、現代小説に近い構成になっているので、とても読みやすい**のが特徴です。もし源氏物語が、「若菜」しか残っていなかったとしても、名作として高く評価されたのではないでしょうか。

さて、源氏と紫の上の関係は良好で、穏やかな日々を過ごしていました。しかし突如、源氏が女三の宮と結婚したことで紫の上の幸せは足元から崩れ、徐々に切ないポジションに。**栄華の絶頂だった源氏一族ですが、紫の上だけではなく、周りの人たちにも暗雲が立ち込めてきます**。さすが、第２部の幕開けにふさわしい、波乱の予兆がちりばめられているのです。

この日本語に注目！

訳文↓（紫の上が女三の宮のところに行く言い訳をする源氏に対し）微笑を浮かべて、「ご自身の考えでさえ、お決めになれないようですのに、まして私には理由も何もないのに、どちらに決められましょう」と、愛想を尽かしたような対応をされた

少しほほゑみて、「みづからの御心ながらだに、え定め給ふまじかなるを、まして**ことわり**も何も、いづこにとまるべきにか」と、**言ふかひなげ**にとりなし給へば

訳文↓紫の上が「目のあたりに移り変わるふたりの仲でしたが、行く末長くとあてにしていたのですよ」という古歌などいろいろ書いているのを、源氏は手に取って読んだところ、何でもない歌であるが、いかにもと道理に思って、「人の命は尽きるのは仕方のないことだが、私たちの仲は無常なこの世とは違う」（と返歌した）

「**目に近く**移れば変はる世の中を　行く末遠く頼みけるかな」

古言など書き交ぜ給ふを、取りて見給ひて、**はかなき**ことなれど、げにと**ことわり**にて、「命こそ絶ゆとも絶えめ定めなき　世の常ならぬ仲の契りを」

ことわり：物事の道理、判断、理由

言ふかひなし：言ってみても仕方がない、どうしようもない

目に近く：目のあたりに

はかなし：何ということもない。「1」では「ちょっとしたこと」、「14」では「取るに足らない」という意味でしたね

ことわる：判断する、判定する。「7」で出た「げに」と合わせて「道理に思う」となります

かたはら痛し：みっともない、はたで見ていて腹立たしい。漢字では「傍ら痛し」と書きます。時代劇でよく

訳文↓「まことにみっともないことですよ」と、紫の上が源氏を急き立てると、柔らかで優美な服に、たいそういい匂いをさせて出かけていった。それを見送る紫の上の胸中が、平穏でいられるはずもなかった。

「いと**かたはら痛き**わざかな」と、**そそのかし**きこえ給へば、**なよよか**にをかしきほどに、**えならず**匂ひて渡り給ふを、見出だし給ふもいと**ただに**はあらずかし。

訳文↓階段から西の二間の東の端なので、(柏木は)はっきり(女三の宮を)見ることができた。紅梅襲であろうか、濃い色、薄い色と何枚も重ねた色の変化が華やかで、まるで色とりどりの本の切り口のようだ。桜襲の織物の細長なのだろう。

階より西の二の間の東の**そば**なれば、紛れ所もなく顕に見入れらる。紅梅にやあらむ、濃き薄き次々に、あまた重なりたる**けぢめ**華やかに、**冊子**の**つま**のように見えて、桜の織物の細長なるべし。

聞く「片腹痛いわ」という漢字をあて「笑止だ」という意味も加わったのは中世以降のことです

そそのかす：せきたてる、相手に勧める。現代の悪事に誘導するような意味も加わったのは、江戸時代以降と言われています

なよよか：やわらかい、優美な

えならず：何とも言えないほど素晴らしい

ただなり：普通だ

階：階段

そば：はし、すみ

けぢめ：変化の境目、区別、

冊子：紙を糸でとじた本

つま：はし、へり

都落ちした明石一族の逆転劇！

34「若菜上」、35「若菜下」では、女三の宮が降嫁するとともに、
明石一族の明石の女御（＝明石の姫君）が、
帝の息子で将来は天皇になる東宮を産みました。
都落ちした明石家は、ここで栄華を極めるのです。

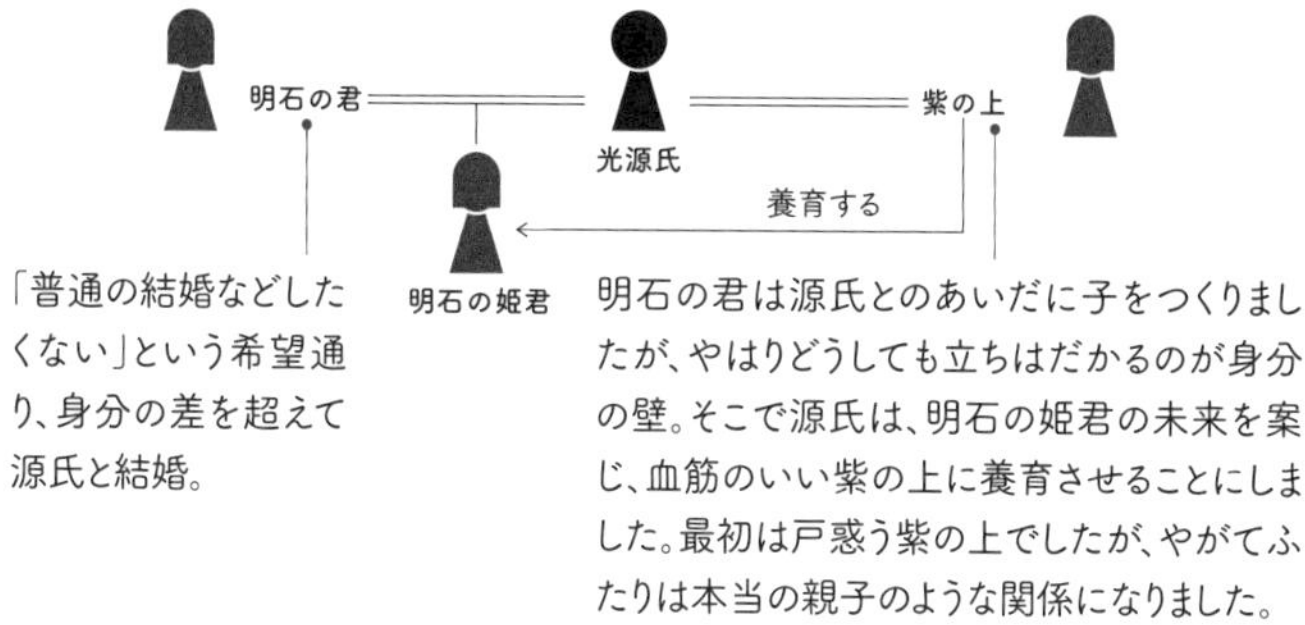

明石の君
光源氏
紫の上
養育する
明石の姫君
「普通の結婚などしたくない」という希望通り、身分の差を超えて源氏と結婚。
明石の君は源氏とのあいだに子をつくりましたが、やはりどうしても立ちはだかるのが身分の壁。そこで源氏は、明石の姫君の未来を案じ、血筋のいい紫の上に養育させることにしました。最初は戸惑う紫の上でしたが、やがてふたりは本当の親子のような関係になりました。

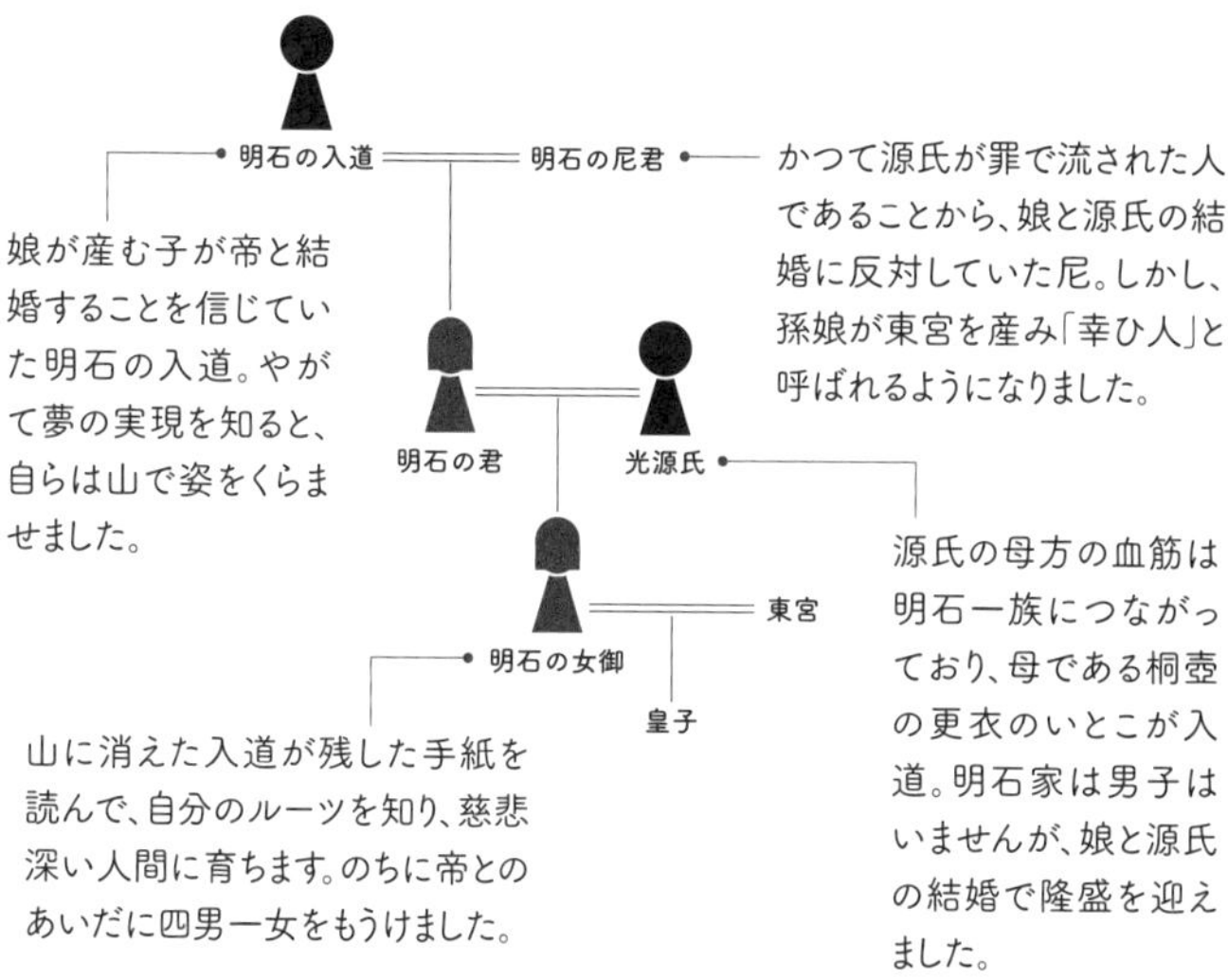

明石の入道
明石の尼君
かつて源氏が罪で流された人であることから、娘と源氏の結婚に反対していた尼。しかし、孫娘が東宮を産み「幸ひ人」と呼ばれるようになりました。
娘が産む子が帝と結婚することを信じていた明石の入道。やがて夢の実現を知ると、自らは山で姿をくらませました。
明石の君
光源氏
源氏の母方の血筋は明石一族につながっており、母である桐壺の更衣のいとこが入道。明石家は男子はいませんが、娘と源氏の結婚で隆盛を迎えました。
東宮
明石の女御
皇子
山に消えた入道が残した手紙を読んで、自分のルーツを知り、慈悲深い人間に育ちます。のちに帝とのあいだに四男一女をもうけました。

35 若菜下

源氏を絡めとる因果応報

主な登場人物

源氏 41~47歳

紫の上 33~39歳

女三の宮 15~22歳

柏木 25~32歳

あらすじ

冷泉帝が退位し、明石の女御の夫の東宮が帝に、その息子の若宮が東宮になりました。幸せそうな明石一族を見るにつけ、紫の上はこの先の自分の人生を嘆き、出家を願い出ますが源氏が許してくれません。翌年の正月、源氏は女君たちによる女楽を催しますがその後、紫の上は発病し、倒れてしまいます。

柏木は女三の宮の姉の落葉の宮と結婚しますが、女三の宮のことを諦めきれず7年ものあいだ、苦しんでいました。ある日、柏木は侍女の手引きで女三の宮の部屋に忍び込み、関係を結びます。そして、密会が続くうちに女三の宮は妊娠。そのことを知った源氏は憤りますが、自分の過去と照らし合わせ、因果応報だと思い知ります。しかし、その後、柏木は罪の意識から病にかかってしまいました。

齋藤流物語のポイント

国文学者の折口信夫は、若菜の上下はひとつの完結した物語だと述べていました。まさにその通り。ここを読むだけでも、紫式部が物語を通じて伝えたかったことが見えてきます。

人生の絶頂にあった源氏ですが、折り返し地点を過ぎ、その雲行きは怪しいものに。自分の妻である女三の宮が柏木の子を宿したことで怒りに震え、宴の席で柏木に皮肉たっぷりの言葉でダメージを与える源氏。**現代であれば「パワハラ」と言われても仕方ないかもしれない一幕**です。一方、密事が源氏にバレたことで柏木のメンタルはボロボロ。ここから、人生が一気に暗転します。**そんな源氏も、かつて義母の藤壺とのあいだに子どもをつくったわけですから、まさに因果応報**というわけです。

この日本語に注目！

訳文↓（紫の上いわく）「世間の事例を集めた物語には、不誠実な男、遊び人の男、浮気男にひっかかった女といった話が掲載されているけど、どのような事例でも、最終的に頼れる人というのがいるようね」

「世のたとひに言ひ集めたる昔語りどもにも、あだなる男、色好み、二心ある人にかかづらひたる女、かやうなることを言ひ集めたるにも、つひに寄る方ありてこそあめれ」

訳文↓（紫の上は）「世の人よりもいい宿縁であったとは思うけど、世間の人が我慢できなかったり不満に思ったりすることと、一生つき合い続けなければならないのかしら。むなしいことだわ」などと思い悩み続けた

「人より異なる宿世もありける身ながら、人の忍びがたく飽かぬことにするもの思ひ離れぬ身にてや止みなむとすらむ。あぢきなくもあるかな」など思ひ続けて

訳文↓浅緑の薄く漉いた紙でできた巻き手紙の端が、源氏の目に入った。何の気なしに引き出して確かめてみると、男性の文字が書いてある。

浅緑の薄様なる文の、押し巻きたる端見ゆるを、何心もなく引き出でて御覧ずるに、男の手なり。

あだ：不誠実だ、いいかげんだ

二心：浮気心、裏切りの気持ち

かかづらふ：関係する、つながりを持つ

寄る：惹きつけられる、頼りにする。「寄る」はさまざまな意味があります。文脈によっては「（物の怪が）取り憑く」「寄付される」という意味もあるんですね

がたし：容易でない、難しい。「8」で出た「忍ぶ」と「がたし」を合わせて「我慢できない」という意味になります

飽く：満ち足りる、満足する。「あきる」という意味

訳文 ↓（源氏が妻と通じたと確信する柏木に対し）「でもね、笑っていられるのも、いまのうちだよ。時間は逆方向には進まないからね。老いから逃れることなんて、誰もできないんだよ」

「さりとも、今しばしならむ。さかさまにゆかぬ年月よ。老いはえ逃れぬわざなり」

訳文 ↓周りからは源氏と柏木はふざけ合っているだけに見えたが、柏木の心はひどく乱れ、杯が回ってきても、頭が痛いので、飲む姿勢だけでごまかしていた。すると、それを源氏が見とがめ、杯を持たせて何度も無理に飲ませようとする。そのため柏木は、いたたまれない思いで、まいってしまった。ただ、その様子は、高貴な人独特の優雅さがあった。

戯れのやうなれど、いとど胸つぶれて、杯の巡り来たるも頭痛くおぼゆれば、気色ばかりにて紛らはすを、御覧じとがめて、持たせながらたびたび強ひ給へば、はしたなくて、もて煩ふさま、なべての人に似ずをかし。

もありますが、試験などで問われるのは、「満ち足りる」のほうですね

止む：死ぬ

何心なし：何気ない、無邪気だ。他に「警戒心がない」という意味もあります

手：筆跡、書風

さかさま：（方向・位置・順序などが）さかさまなこと、逆

胸つぶる：胸が苦しくなる、心がひどく乱れる

気色：そぶり。「4」では「様子」という意味でした

もて煩ふ：もてあます、処置に困る

もっと源氏❸

苦悩の末に出家した女性たち

作品に登場する女性の生き方としてパターン化しているとも言えるのが「出家」。源氏と恋愛関係に落ち、苦悩の末に出家していくのが“定番”です。こうした出家は、彼女たちにとってどのような意味を持っていたのでしょうか。

出家をした代表的な女性としては挙げられるのは、藤壺かもしれません。藤壺は、源氏の父である桐壺帝の妃でありながら、源氏の子を懐妊します。この事実が知れ渡ることを恐れた藤壺は、源氏との縁を断ち切るために出家をしました。

本来であれば俗世を捨て、仏道修行に入ることを出家といいます。ところが、このように人との縁を断ち切るために出家という選択肢もあったわけです。いまでも縁切寺などがありますが、そうした、女性のためのある種のセーフティネットが、すでに平安時代にあったことは驚きといえるでしょう。

もちろん、出家したからといって、心の中で源氏の存在をかき消すことができなかった人もいたかもしれません。ですが、とりあえず人生にはかなんで最悪の選択をする前に、「出家」でこれまでの行いを“リセット”できるシステムがあった。これは、出家するかどうかはさておき、日頃、疲れがちな現代人にとっても、生き方のヒントになるのではないでしょうか。

★源氏との関係から出家した女性

藤壺（ふじつぼ）　空蟬（うつせみ）　女三の宮（おんなさんのみや）　朧月夜（おぼろづきよ）

★老いや病によって出家した女性

六条の御息所（ろくじょうのみやすどころ）　源の典侍（げんのないしのすけ）　朝顔（あさがお）

★源氏没後に出家した女性

浮舟（うきふね）

36

柏木（かしわぎ）

愛と裏切りの果てにある死

主な登場人物

源氏 48歳
紫の上 40歳
女三の宮 22歳
夕霧 27歳
柏木 32歳
薫 1歳

あらすじ

柏木は、女三の宮（おんなさんのみや）との密会が源氏に知られたことで将来を絶望。回復の見込みはないほど、病勢も悪化していきました。心の支えは女三の宮から届く手紙だけとなります。やがて女三の宮は柏木の子、薫（かおる）の君を出産。だが、源氏の冷遇に心を痛め、ついには父の朱雀院（すざくいん）に願い出て出家してしまいます。そして柏木は、見舞いにきてくれた親友の夕霧（ゆうぎり）に妻の落葉の宮（おちばのみや）の世話を託し、息を引き取りました。

その後、薫の君の誕生50日目の祝い（五十日（いか）の祝い）が行われましたが、源氏は、薫の君の将来と、早世した柏木を思い、心が沈むばかり。夕霧は親友の遺言に従い、未亡人となった落葉の宮を見舞いました。宮中では誰もが柏木の死を嘆いています。源氏も相変わらず、複雑な思いでいました。

齋藤流物語のポイント

『源氏物語』では、体はもとより心の具合が悪くなると、そのまま死に向かってしまう場面が多く登場します。実際この時代、そうしたことが往々にしてあったのでしょう。

源氏に自分の罪が露見してしまった柏木は、恐怖により自らを追い込み、病で人生の幕を閉じます。**柏木と源氏。同じような行動をとっていたにもかかわらず、結果は大きく変わってしまいました**。若かりし頃の源氏は、数々の難局もひょいと乗り越え、ふてぶてしく生きていきます。しかし、柏木と自分の妻の不義がわかったのは源氏が48歳のときです。そこで、自分と同じ失敗をした柏木を許すのかと思いきや、その逆。**紫式部は加齢による源氏の「心の余裕のなさ」を表現したかった**のかもしれません。

この日本語に注目！

訳文↓（源氏いわく）このように秘密の事情がある薫が、あいにくなことに、柏木に大変よく似た顔つきなのに、人前に出ることになるのは困ったことだ。

かく忍びたることの、**あや憎**に**いちじるき**顔付きにて、**差し出で**給へらむこそ、**苦し**かるべけれ。

訳文↓（源氏は）「自分が人生でずっと恐れていた、藤壺との不義の報いのようだ。ただ、この世で、このような思いもかけなかった因果応報にあったのだから、来世での罪は、少しばかり軽くなるのではないだろうか」とも思っている。

「我、世とともに恐しと思ひしことの報いなめり。この世にて、かく思ひかけぬことに**むかはり**ぬれば、後の世の罪も、少し軽みなむや」とおぼす。

訳文↓（柏木が夕霧への遺言で）六条院（源氏）とのあいだで、私がちょっと間違いを犯したので、ここ数カ月、心のなかでお詫び申し上げることがありました。まったく残念なことなのですが、いまの社会で生きていくのが不安になって、病気になったと思っていました

あや憎：あいにくだ、都合が悪い。現代の「あいにく」のもととなった言葉で、「意地が悪い」「はなはだしい」という意味もあります

いちじるし：明白だ、はっきりしている

差し出づ：人前に出る、現れる

苦し：心配だ、気がかりだ

むかはる：報いがめぐってくる

いささか：少し、わずか

違ひ目：思い通りにいかない事態、行き違い

かしこまる：恐れ入る、恐縮する

本意なし：不本意だ、思うようにいかない、残念だ。

六条の院に**いささか**なることの**違ひ目**ありて、月ごろ心の内に、**かしこまり**申すことなむ侍りしを、いと**本意なう**、世の中心細う思ひなりて、病つきぬ、と、おぼえはべしに

訳文↓（柏木が夕霧への遺言で）源氏のご機嫌を伺いに行ったところ、やはりお許しなさらないお気持ちの様子を、その視線から感じました。それで、いよいよ生きていてはいけないのではないかと思われまして、どうしようもなくなってしまいました

御気色を賜りしに、なほ許されぬ御**心ばへ**あるさまに、御**目尻**を見奉り侍りて、**いとど**、世に長らへむことも憚り多うおぼえなり侍りて、あぢきなう思ひ給へし

訳文↓（柏木が夕霧への遺言で）何かの機会がございましたら、どうかこのことを覚えておいていただいて、よろしく申し開きなさってください。

ことのついで侍らば、御**耳とどめ**て、宜しう**明らめ**申させ給へ。

「本意」は「本来の目的、本来の志」という意味。それがないので「不本意だ」となるわけです

心ばへ：意向、気だて

目尻：目つき、まなざし

いとど：いよいよ、いっそう、ますます

ことのついで：何かの機会、ふとした折

耳とどむ：注意して聞く、聞き耳を立てる

明らむ：明らかにする、はっきりさせる。漢字にすればわかりますが、音が似ている「諦める」という意味はないので要注意です

もっと源氏④

紫式部はやっぱり「紫」がお好き？

現代は技術の進歩から「色」をつくり出すことが容易になりました。ですから「紫」という複雑な色も、私たちの生活にあふれています。

しかし、『源氏物語』の時代、色は植物由来の染料からしかとれなかったので、簡単には入手できませんでした。とくに紫は、古代から貴重な「紫草（むらさき）」という植物の根を染料にして染めていたので、その希少価値から高貴な色として扱われていたのです。

紫草は、日本最古の歌集『万葉集』において、額田王（ぬかたのおおきみ）が、大海人皇子（おおあまのおうじ）に向けて詠んだ歌と、その返歌にも登場します。

あかねさす紫野（むらさきの）行き標野（しめの）行き　野守（のもり）は見ずや君が袖振る

（額田王 巻1-20）

紫草（むらさき）のにほへる妹（いも）を憎くあらば　人妻ゆゑに我恋ひめやも

（大海人皇子 巻1-21）

『源氏物語』において、「紫」を特別な色として3人の登場人物に使用しています。「桐壺（きりつぼ）の更衣（こうい）」「藤壺（ふじつぼ）」「紫（むらさき）の上（うえ）」です。この3人は、本書、あるいは物語を読んだ方であれば、源氏の人生にとってカギとなる人物だということがおわかりでしょう。

紫にまつわる姫君たちが重要な役割を果たしたゆえに、『源氏物語』は「紫のゆかりの物語」とも呼ばれるようになったといいます。そして、この作品の作者のことを、人々はのちに「紫式部」と呼ぶようになったのです。

37 横笛

遺品が物語る恋の行く末

主な登場人物

源氏 49歳
紫の上 40歳
女三の宮 23歳
夕霧 28歳
薫 28歳

あらすじ

柏木の一周忌、源氏と夕霧は盛大に法要を営み、その死を弔いました。夕霧は未亡人となった落葉の宮と母の御息所を訪問した際、御息所から柏木の遺品である横笛をもらいます。そして自邸に戻ったところ、夕霧の妻、雲居の雁は立腹気味。どうやら、落葉の宮を頻繁に見舞う夫の行動を怪しんでいたのです。

その夜、夕霧の夢枕に柏木が立ち、遺品の横笛を自分の子に伝えたいと言います。柏木の言う「自分の子」が誰なのか不審に思った夕霧。翌日、源氏を訪ね、夢の話を伝えました。ところが、源氏は多くを語らず、その横笛は自分が預かるべきだと答えたのです。と、薫の君を見た夕霧は柏木の子ではないかと疑います。そこで、源氏から真相を聞き出そうとしますが、源氏はしらを切り通したのです。

齋藤流物語のポイント

柏木の死後、その遺品である横笛は夕霧へと贈られました。しかし、その後、笛はほどなく源氏の手に渡ります。その大事なきっかけとしての**「夢」と、横笛という「小道具」が登場人物たちを翻弄する、とてもいい役割を務めている**と言えるでしょう。

源氏物語をはじめ、当時、書かれた物語には、よく「夢でのお告げ」が登場し、ストーリーを大きく左右します。ここでも夕霧の見た夢によって横笛の行先が変わり、さらには薫が柏木の子だという真実にまでたどり着くわけです。

映画『陰陽師』でも描かれたように、平安時代、笛は男性が演奏するもの。ですから、女性だけになった柏木家の母は、夕霧に笛をあげたのです。こうした**小道具も、物語の舞台装置として大事な役割を果たしている**のです。

この日本語に注目！

訳文↓（柏木の遺品の横笛を受け取った夕霧が歌で）横笛の音色はとくに以前と変わりませんが、亡くなった人を悼む泣き声は尽きませんね

横笛の**調べ**は**ことに**変はらぬを**むなしく**なりし**音**こそ尽きせね

訳文↓（薫は）歯の生えかけたところに噛み当てようとして、竹の子をしっかりと握りしめて、よだれをダラダラたらしながらかじるので（源氏は）「まったくちょっと変わりもんの色男だな」と言い、「最近周りで起きたいやなことは忘れられないが、竹の子（薫）はかわいくて捨てるわけにはいかない」（と詠んだ）

御歯の生ひ出づるに、**食ひ当てむ**とて、筍をつと握り持ちて、**雫**も**よよと**食ひぬらし給へば、「いとねぢけたる**色好み**かな」とて、「憂き**節**も忘れずながら呉竹の こは捨て難きものにぞありける」

調べ：楽器の調子、音律

ことに：とくに

むなし：死んでいる、はかない、無常だ

音：音、泣き声。ここでは「笛の音」と柏木の死を悼む「泣き声」が、かけられています

食ふ：噛む、食いつく

当つ：ぶつける、当てる

雫：水滴、涙。ここでは「よだれ」のことです

よよと：だらだらと

色好み：洗練された恋ができる人、色男

節：植物の節、事柄。これは「竹の節」と「いやな事柄」が、かけられているんですね

38

鈴虫（すずむし）

虫の音に託す男女の本音

主な登場人物

源氏 50歳
女三の宮 24歳
夕霧 29歳
冷泉院 32歳
秋好中宮 41歳
薫 3歳

あらすじ

夏、出家した女三の宮は仏事をとり行いました。尼姿で仏道修行に励む女三の宮を見た源氏は、胸がしめつけられます。源氏は鈴虫を題材に未練の歌を詠みますが、その返事はそっけないものでした。その後、8月の十五夜、源氏が女三の宮のところで琴を弾いていると、蛍兵部卿の宮や夕霧たちが集まってきたので、鈴虫の声を聞く宴を開催。そこへ冷泉院から名月の歌の要請があったので皆で参上し、明け方まで詩歌管弦に興じたのです。

そこから退出する折、源氏は秋好中宮を訪問しました。すると、中宮から亡き母、六条の御息所がいまも成仏できず、物の怪となって現れるため出家をしたいとほのめかされます。しかし、源氏はこれをいさめ、追善供養をするように勧めました。

齋藤流物語のポイント

出家した女三の宮は源氏に「大方の秋をば憂しと知りにしを 振り捨て難き鈴虫の声」と歌を詠みました。「秋は切なくつらい季節と存じていますが、それでも聞き捨てがたいのは鈴虫の声でございます」という意味です。**女三の宮が源氏に対して「秋」と「飽きる」をかけて「私のことはもう飽きたでしょ？」と言っています。この巻のヒロインである女三の宮の心情が、秋の風情に重なり合う素晴らしい歌**ですね。

それに対して源氏は「心もて草の宿りをいとへども なほ鈴虫の声ぞふりせぬ」と、あなたはご自分から私たちの家（六条院）をいやになって出家しましたが、いまだにお声は鈴虫の声のように美しいと、源氏らしい返歌をしています。**ヒロインの心のうち×舞台設定×巻名とが三位一体となった美しい巻**です。

この日本語に注目！

訳文↓「虫たちが絶え間なく鳴き乱れている夕方ですね」と言い、源氏は自分も小さな声でお経をとなえた。阿弥陀如来の長い呪文が、とても尊くかすかに聞こえる。

「虫の音いと**しげう**乱るる夕べかな」とて、われも忍びてうち**誦じ**給ふ。阿弥陀の大呪、いと尊く**ほのぼの**聞こゆ。

訳文↓「（松虫は）思う存分に、誰も聞く人などいない山奥や遠い野原の松原では、声を惜しまず鳴いている、まことに意地悪なところがある虫だ。その点、鈴虫は親しみやすく、にぎやかに鳴くのがかわいらしい」などと源氏は語る

「心に任せて、人聞かぬ奥山、**遥けき**野の松原に、声惜しまぬも、いと**隔て心**ある虫になむありける。鈴虫は、**心安く**、**今めいたる**こそらうたけれ」など宣へば

訳文↓（女三の宮が歌で）秋というのはだいたいつらい季節だということは知っていますが、鈴虫の鳴き声だけは、ずっと聞いていられます

大かたの秋をば憂しと知りにしを**振り捨て**難き鈴虫の声

しげし：多くてうるさい、絶え間ない

誦ず：経文や詩歌を朗詠する、吟ずる、となえる

ほのぼの：ほのかに、かすかに、ほんの少し。漢字で書くと「仄仄」。いまの「心温まる」という意味ではないので要注意

遥けし：遠い、久しい

隔て心：打ち解けない心、隔意

心安し：気が置けない、親しい

今めかし：華やかだ、派手だ。「現代風だ」という意味もあります

振り捨つ：見捨てる、置き去りにする、放っておく

39 夕霧

「鬼」にならないも夫次第

主な登場人物

源氏 50歳

夕霧 29歳

雲居の雁 31歳

落葉の宮 ?歳

あらすじ

病にかかった母、一条御息所と娘の落葉の宮が移った比叡山の麓の邸へ、夕霧は見舞いに訪れます。そこで夕霧は、落葉の宮に恋心を訴えますが、落ち葉の宮は拒否。だが、一夜を明かしたと耳にした一条御息所は当惑して、夕霧に手紙を送りましたが、その手紙を妻の雲居の雁が奪い隠してしまったので、夕霧は返事を書くことができません。夕霧の返事が来ないことに落胆し、一条御息所は娘の今後を悲嘆しながら亡くなってしまいました。

落葉の宮は夕霧を恨みますが、夕霧によって京へ連れ戻された挙げ句、強引に契りを交わすことに。これを知った雲居の雁は激怒し、子どもを連れて父の邸に帰ってしまいました。夕霧はあわてて義父の邸に向かいましたが、雲居の雁は夕霧を頑として拒否したのです。

齋藤流物語のポイント

古文は「難しい」と思われがちですが、現代語訳を読んでから原文を読むと、非常に面白く感じられます。この巻も、現代の家庭でも当てはまることがコメディ要素たっぷりに描かれているので、ぜひ原文も楽しんでみてください。

ここまで純情可憐に描かれていた雲居の雁が、夫の浮気を疑って豹変。**自分のことを「鬼」と表現し、夕霧のことを責めたてていきます**。それに対してオロオロする夕霧の様子には、笑いをこらえられません。と同時に、この夫婦の関係性の変化もよく伝わってきます。

また、もうひとつのポイントが、皇女の結婚の難しさです。誰の子として生まれるか、そしてどこへ嫁ぐかによって人生が大きく変わってしまう皇女たち。その運命のはかなさに、やるせない気持ちになるのではないでしょうか。

この日本語に注目！

訳文↓雲居の雁は、家具で隔てられていたような状況にあったが、それでもとても素早く手紙を見つけると、にじり寄って、夕霧の後ろから取り上げた。（それに対し夕霧が反論していわく）「あきれたことを。何をするのか。なんて非常識なことを。これは花散里さまからのお手紙だよ」

女君、もの隔てたるやうなれど、いと**とく**見つけ給うて、這ひ寄りて、御後ろより取り給うつ。「あさましう。こはいかにし給ふぞ。あな**けしからず**。六条の東の上の御文なり」

訳文↓（夕霧が雲居の雁に対し）「ご覧なさい。これが恋文だと思いますか。それにしても、はしたないことをしますね。夫婦として長く過ごすにつれ、夫を夫とも思わない態度をとるなんて腹が立つよ。私がどう思っているのか、まったく気にしないんだね」と夕霧は大きくため息をついた。残念そうな表情をしながら、無理に手紙を取り返そうとはしないので、雲居の雁は、さすがにすぐに中身を見ずに、手紙を持ったままである。

「見給へよ。**懸想**びたる文のさまか。さても、**なほなほし**の御さまや。年月に添へて、いたう**侮り**給ふこそ**うれた**けれ。思はむ所をむげに恥ぢ給はぬよ」と、うち**うめき**て、**惜しみ**顔にも**ひこじろひ**給はねば、さすがに、**ふと**も見で、持給へり。

とく：すぐに、急いで
けしからず：ひどい、はなはだしい
懸想：恋慕うこと
なほなほし：普通である、平凡だ、つまらない
侮る：見下げる、軽蔑する、ばかにする
うれたし：いまいましい、腹立たしい、嘆かわしい
うめく：ため息をつく、嘆息する
惜しむ：残念だ
ひこじろふ：無理に引っ張る
ふと：素早く、すぐに
まろ：（男女問わず）私
成り果つ：（すっかり）〜になってしまう

訳文 ↓（寝床に入ろうとする夕霧に対し雲居の雁は）「ここをどこだと思っているのですか。私はとっくに死にました。いつも鬼と言われるので、そうであるなら鬼になりきろうと思いまして」と言った。夕霧は「あなたの気持ちは鬼以上だけど、姿形は憎らしくないので、すっかり嫌いになることはできないな」と、何くわぬ顔で言うのが、癪に障る

「いづことておはしつるぞ。**まろ**は早う死にき。常に鬼と宣へば、同じくは**成り果て**なむとて」と宣ふ。「御心こそ鬼より**け**にもおはすれ、さまは憎げもなければ、え**うとみ果つ**まじ」と、何心もなう言ひなし給ふも、心やましうて

訳文 ↓（落葉の宮には）夕霧の姿が、改まったときよりも、くつろいでいるときのほうが、限りなく精悍な感じがする。亡き夫の柏木は、特別すぐれた見た目ではなかったのに、自分を美男だと思い上がり、妻である私のことを美人ではないと折に触れて見下していたのを思い出した

男の御さまは、**麗し**だち給へる時よりも、うちとけてものし給ふは、限りもなう清げなり。故君の異なることなかりしだに、心の限り**思ひ上がり**、御**容貌まほに**おはせずと、ことの折に思へりし気色を思し出づれば

け：ふだんと違っている、一段とまさっている。漢字では「異」と書きます

うとむ：いやだと思って遠ざける、嫌って冷淡に扱う

果つ：（動詞の下について）完全に〜する。ここでは、「うとみ果つ」で「すっかり嫌いになる」

麗し：美しい、立派だ

思ひ上がる：気位を高く持つ、誇りを持つ

容貌：容姿、外形

まほ：よく整っていること。このあとに「おはせず」とあるので、ここでは「整っていない」ということです

夕霧をめぐる人間関係

**夕霧と柏木は友人同士ですが、柏木の死後、
夕霧は未亡人となった落葉の宮と恋に落ちたため、
雲居の雁は「鬼」になります。**

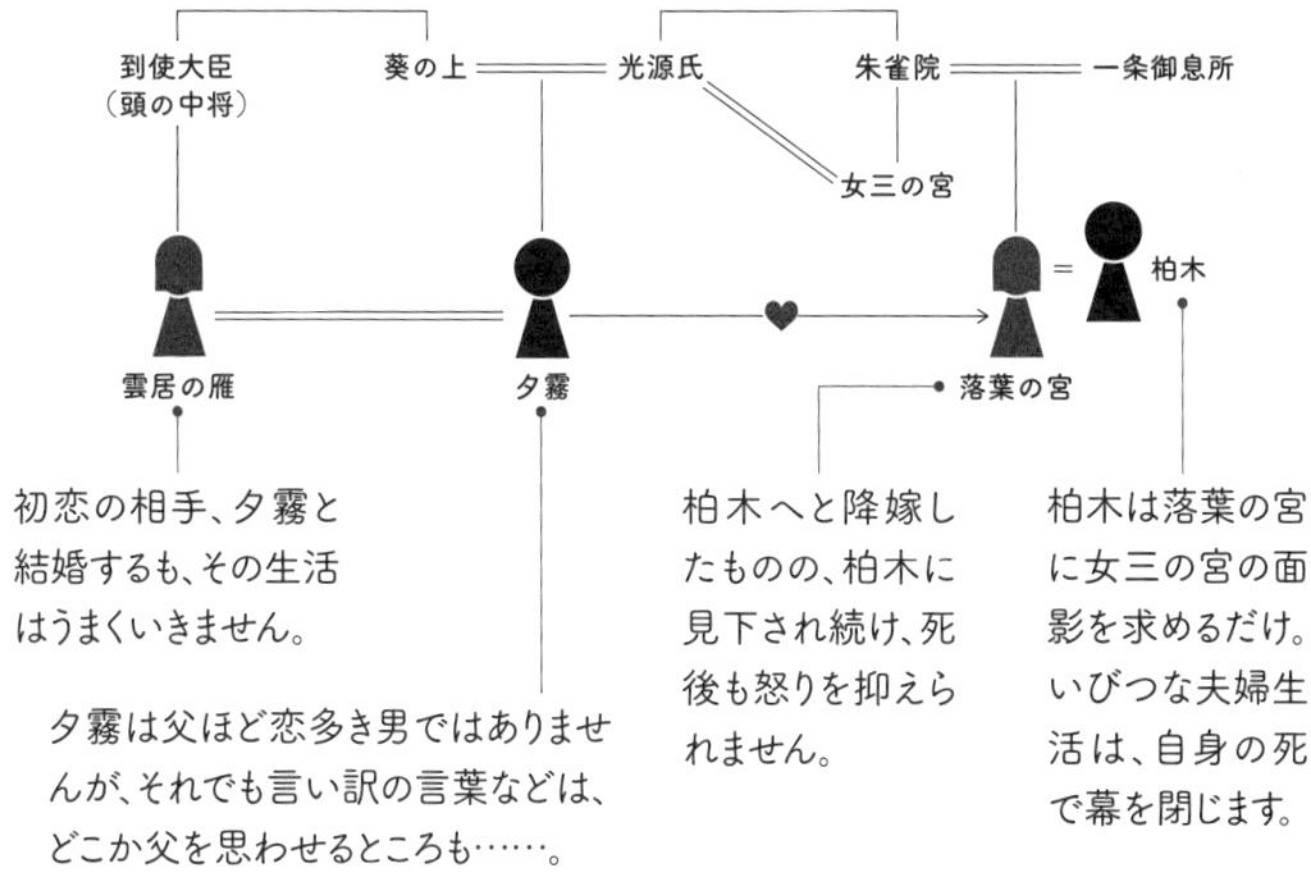
到使大臣
（頭の中将）
葵の上
光源氏
朱雀院
一条御息所
女三の宮
柏木
雲居の雁
夕霧
落葉の宮
初恋の相手、夕霧と結婚するも、その生活はうまくいきません。
夕霧は父ほど恋多き男ではありませんが、それでも言い訳の言葉などは、どこか父を思わせるところも……。
柏木へと降嫁したものの、柏木に見下され続け、死後も怒りを抑えられません。
柏木は落葉の宮に女三の宮の面影を求めるだけ。いびつな夫婦生活は、自身の死で幕を閉じます。

登場人物の名前の秘密

『源氏物語』には500名あまりの人物が登場しますが、その名前は、夕霧、落葉の宮など通称ばかり。これは当時、高貴な人の実名を呼ぶのが避けられていた風潮によるものです。そのため、右大臣、大納言といった官職、空蟬（うつせみ）、朧月夜（おぼろづきよ）など歌に出てくる言葉が、そのまま登場人物名になりました。ところが、これらは紫式部が命名したものではありません。のちの読者が、キャラクターをわかりやすくするためにつけたのです。すでに鎌倉時代には、複雑な登場人物の系図を整理した本が刊行されていました。つまり、現代を生きる私たちのみならず、当時の人々も、登場人物の名前や役柄を理解するのに苦労していたわけです。

40 御法（みのり）

最愛の人との永遠の別れ

主な登場人物

源氏 51歳
紫の上 43歳
夕霧 30歳
明石の君 42歳
明石の中宮 23歳
匂宮 5歳
薫 4歳

あらすじ

かねてから体調を崩していた紫の上は、源氏に出家を願い出ます。賛否こもごも悩んだものの、源氏はそれを許しませんでした。その後、紫の上は書き写させていた法華経の供養を二条院で開催。紫の上を慕う大勢の人たちが参列しました。自分の死期が近いことを悟った紫の上は、花散里や明石の君らと歌を詠み交わし、それとなく別れを告げます。

夏、暑さのなか衰弱が進んだ紫の上は、孫の三の宮（のちの匂宮）に邸の庭の紅梅と桜の世話をするよう遺言を残しました。

そして8月14日、紫の上は源氏と明石の中宮に見守られ静かに息を引き取ります。源氏の悲しみは深く、悲嘆に明け暮れているので、葬儀は夕霧が取り仕切りました。この頃から、源氏は出家の意志を固めていったのです。

齋藤流物語のポイント

紫の上同様、実は源氏も出家を考えていました。ただ、仏門に入ると病気の紫の上と離れ離れのまま死を迎えるのが気がかりだったのです。

紫の上は子宝に恵まれませんでしたが、養女の明石の姫君をわが子のようにかわいがり、懸命に教育しました。また、孫の匂宮への愛おしさもひとしおです。**いまの時代、血の繋がりがなくても家族という考えは当たり前になってきましたが、それは当時も同じ**だったのでしょう。

紫の上は、当初は感情の起伏が激しい女性でした。しかし、ときが経つにつれ、他の妻たちとの関係性も穏やかになり、**最後は「源氏が最も愛した女性」となります**。臨終間際の仏事に大勢の人が訪れたことからも、紫の上は皆から愛される存在だったことがわかりますね。

この日本語に注目！

訳文 ↓（紫の上は）「私がこの世からいなくなっても、思い出してくれますか」と、匂宮に聞いてみたところ、「きっととても恋しくなることでしょう。私は、御所の父上よりも母宮よりも、おばあ様のことが誰よりも好きです。いなくなったら、機嫌が悪くなりますよ」

「まろが侍らざらむに、おぼし出でなむや」と**聞こえ**給へば、「いと恋しかりなむ。まろは**内裏**の上よりも宮よりも、祖母をこそ**まさりて**思ひきこゆれば、おはせずは心地**むつかし**かりなむ」

訳文 ↓（紫の上は匂宮に）「大人になったら、ここに住んで、庭にある紅梅と桜は、花の咲く季節になったら、忘れないで大切に見てあげてね。何かの折には、仏前にお供えもしてね」

「大人になり給ひなば、ここに住み給ひて、この対の前なる、紅梅と桜とは、花の折々に**心とどめて**もて**もて遊び**給へ。さるべからむ折は、仏にも奉り給へ」

聞こえ：申し上げる

内裏：皇居、天皇の居所。ルビにもあるように、平安文学では「内裏」を「うち」と呼び、漢字も「内」だけのこともあります。「うちの上」は、天皇のこと。ちなみに続く「宮」は皇子、皇女に対する敬称です

まさる：（他の比較対象より）すぐれている

むつかし：不快である。「25」では「わずらわしい」という意味でしたね

心とどむ：気をつける、関心を抱く

もて遊ぶ：大切に扱う、大切にもてなす。現代の「人の心をもてあそぶ」という

訳文 ↓（亡くなったばかりの紫の上の）髪が無造作に枕許に放ってあるが、ふさふさと清らかで、一筋も乱れた様子はなく、つやつやと美しい様子は、このうえないものだ。

御髪のただ**うちやられ**給へるほど、**こちたくけうら**にて、**露ばかり**乱れたる気色もなう、つやつやと美しげなるさまぞ限りなき。

訳文 ↓（源氏は）通り一遍の美しさどころか、類のない美しさの紫の上の死に顔を見て、この世を去ろうとする紫の上の魂が、そのままこの亡きがらに留まっていてほしい、と思った。しかし、そんなことを考えてもどうしようもないことだ。

なのめにだにあらず類なきを見奉るに、死に入る魂の、やがてこの御**から**に留まらなむ、と思ほゆるも、わりなきことなりや。

意味はないので要注意です

御髪：髪の敬称、頭や首の敬称

うちやる：そのまま放っておく

こちたし：おびただしい、非常に多い

けうら：清らかで美しい様子

露ばかり：ほんの少し、わずか、（下に打消の語をともなって）少しも～ない

なのめ：ありふれたさま、普通だ

から：死体、亡きがら。漢字は「骸」と書きます

もっと源氏⑤

紫式部ってどんな人？

紫式部は973（天延元）年頃生まれ。父は藤原為時、母は藤原為信女で、母は紫式部が生まれてほどなく亡くなったとされています。一方、父は当時珍しかった学者です。下級役人でしたが、天皇にも漢詩を教えていました。

紫式部は、そんな父親に幼少の頃から、漢文を学びます。当時、漢文の勉強は男性がやるもの。女性として漢文教育を受けていたのは、それこそ、のちにライバルとされる清少納言などごくわずかでした。

ちなみに、紫式部日記には清少納言評が載っており、それによると「よく見ると間違いも多いし、足りないことも多々ある」「前途は大丈夫だろうか」など散々です。

それはさておき、紫式部は一時結婚し、娘の大弐三位をもうけますが、夫とは結婚3年あまりで死別します。娘にもその才能は引き継がれ、歌人として高く評価されました。百人一首に登場する「有馬山猪名の篠原風吹けば いでそよ人を忘れやはする」は大弐三位の作品です。

紫式部は、やがて藤原道長の長女である中宮、藤原彰子に仕え、道長の支援で『源氏物語』を書き上げます。光源氏のモデルともいわれる藤原道長の愛人だったという説もありますが、詳細はわかりません。

その後、1031（長元4）年頃亡くなったとされます。私も行きましたが京都市の堀川北大路に、いまもお墓があります。『源氏物語』の香りを味わいに、お参りしてみてはいかがでしょうか。

41

幻

輝いたまま消えゆく「光る君」

主な登場人物

源氏 52歳
夕霧 31歳
明石の君 43歳
明石の中宮 24歳
薫 5歳
匂宮 6歳

あらすじ

紫の上が亡くなった翌年の春になっても、源氏は喪に服したまま、心が晴れることはありませんでした。そのうえ、生前の紫の上に起きた苦労話を聞き、自分がいかに彼女を傷つけたか、後悔する日々を送るばかりです。女三の宮や明石の君が、源氏の出家を止めようとしますが、それもかないませんでした。

紫の上の一周忌が無事に終わると、源氏は本格的に出家の準備を始めます。そして年末、これまで女君たちと交わしてきた手紙を処分。紫の上の手紙も、燃やして捨てたのです。

年の瀬に一年の罪を懺悔する「仏名会」が開かれました。そこで久しぶりに人前に姿を現した源氏。かつて「光源氏」と称された頃より輝くその姿を見た仏名会の導師は、あふれる涙を止められませんでした。

齋藤流物語のポイント

最愛の妻、紫の上を亡くして出家を決意した源氏は、**女性たちとやりとりした手紙を焼却処分**します。**出家の前に未練を絶つという源氏の行為は、まさに「終活」そのもの**。そして、悲しみに暮れる源氏は「わが宿は花もてはやす人もなし 何にか春のたづね来つらむ」という歌を詠みました。「一緒に花を愛でた紫の上がいないのに、何のために春が訪ねてくるのか」という意味です。まさに**“抜け殻”と化した源氏の心象風景**が表されています。

実は、**この巻以降、源氏の登場はありません。その後、源氏は出家したのか、いつ、どうやって亡くなったのかすら、書かれていない**のです。この主人公の去り際の描き方もまた、余韻漂う文学的な表現だと言えるでしょう。

この日本語に注目！

訳文↓（源氏が紫の上をしのぶ歌で）大空を自在に飛ぶ幻術士よ、夢にさえ現れてこない紫の上の魂の行方を探しておくれ

大空を通ふ**まぼろし**夢にだに見えこぬ魂の行方**たづね**よ

訳文↓源氏は、後々まで残るとまずい女性たちからの手紙も、捨てるのは惜しいと少しずつとっておいた

落ち止まりて**かたは**なるべき人の御文ども、破れば惜し、とおぼされけるにや、少しづつ残し給へりける

訳文↓源氏は、自分がやってきたことが、遠い昔のことになってしまったと感じた。たったいま書いたような墨の筆跡などは、いかにも千年先までの形見にできそうだが、どうせ見ることもなくなってしまうものだ。そう思うと、残しておいても何にもならないので、気心の知れた女房2、3人ほどに、目の前で破り捨てさせた。

自ら**し置き**給ひけることなれど、**久し**うなりける世のこととおぼすに、ただ今のやうなる**墨つき**など、げに**千年**の形見にしつべかりけるを、見ずなりぬべきよ、とおぼせば、かひなくて、**うとからぬ**人々二人三人ばかり、お前にて破らせ給ふ。

まぼろし：幻術使い。「幻影」という意味、あるいは、はかないもののたとえでも使われます

たづぬ：探し求める

落ち止まる：後々まで残る、居残る

かたは：不都合なこと

し置き：処置しておく

久し：長い時間が経つ、久しぶりである

墨つき：墨の濃淡、筆跡

千年：千年、長い年月。「千歳」も同じ意味で、長寿を祝う場合に使われます

うとし：親密でない、縁遠い。ここでは「疎からぬ」なので、「親密な」という意味になります

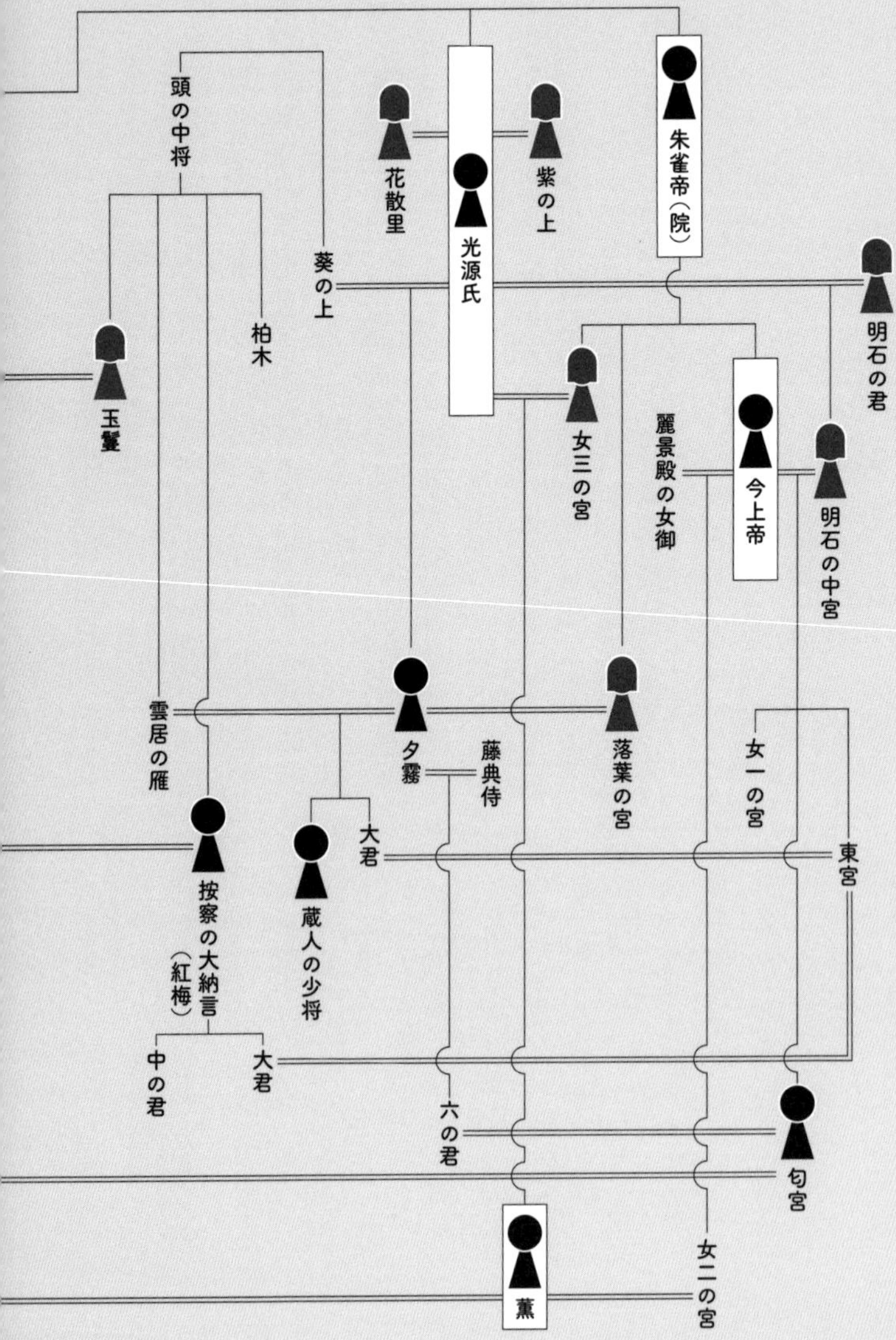
朱雀帝（院）
光源氏
紫の上
花散里
頭の中将
葵の上
明石の君
柏木
玉鬘
女三の宮
麗景殿の女御
今上帝
明石の中宮
雲居の雁
夕霧
藤典侍
落葉の宮
女一の宮
按察の大納言（紅梅）
蔵人の少将
大君
東宮
中の君
大君
六の君
匂宮
薫
女二の宮

第3部

光源氏の物語、その後

（42匂兵部卿～54夢浮橋）

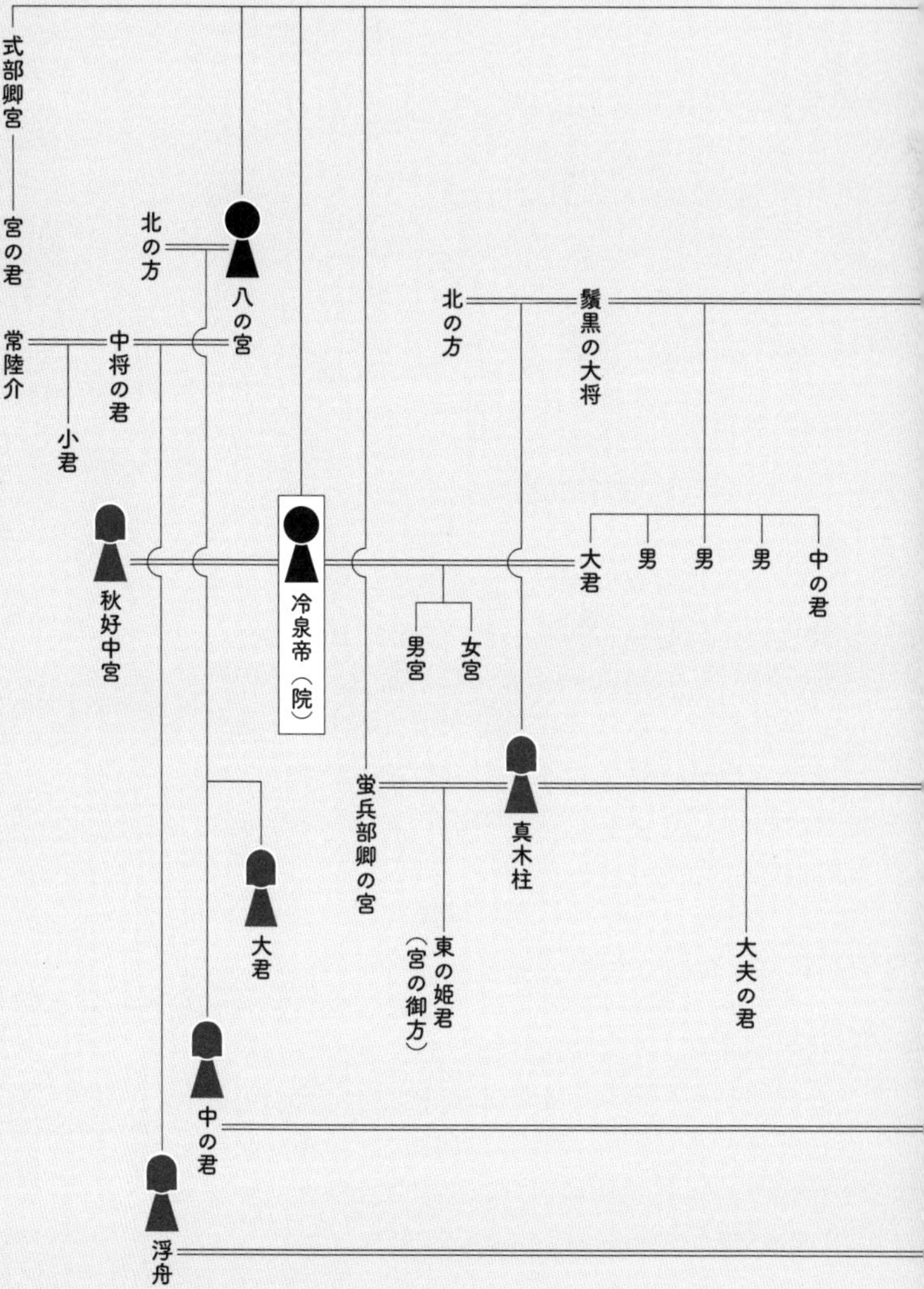

42 匂兵部卿(におうひょうぶきょう)

源氏が遺した新たな主人公

主な登場人物

薫 24歳
匂宮 25歳
夕霧 50歳
大君 27歳
中の君 24歳

あらすじ

源氏の死後、その後継者は女三の宮(おんなさんのみや)を母に持つ薫(かおる)か、明石(あかし)の中宮(ちゅうぐう)が母の匂宮(におうのみや)だろうと噂されていました。女三の宮のもとで成長した薫の特徴は、かぐわしい香りを放つ特異体質です。そのため、離れた場所にいても薫の所在がわかるほどでした。その反面、恋愛を好まず、自分が本当に源氏の実子なのか疑い、悩んでおり、出家を考えていたのです。

一方、匂宮は薫に負けまいと衣類に特別な香を薫(た)きしめる負けず嫌いの性質。しかも、薫とは正反対の社交的で明るいプレイボーイタイプでした。そんなふたりは、「薫中将」「匂兵部卿」と宮中で評判になっていたのです。

当時、右大臣になっていた、源氏の実の子である夕霧(ゆうぎり)は、娘を薫か匂宮の、どちらかに嫁がせたいと考えていました。

齋藤流物語のポイント

これより『源氏物語』の第３部に突入します。実は、**この前に「雲隠(くもがくれ)」という巻がありますが、巻名だけで本文は一切残っていません。その間に源氏が亡くなり８年が経過した設定**で、薫が主人公を受け継ぐわけです。源氏がいない『源氏物語』は、少しさびしい感じもしますが、とはいえ、かつて源氏が頭(とう)の中将(ちゅうじょう)とライバル関係にあったように、ここからは薫と匂宮が同じように競い合い、物語を盛り上げていきます。

ちなみに、薫は体から芳香を放つ特異体質が特徴ですが、それで思い出すのが**ギリシャ神話に登場する、触れるものすべてを金に変えてしまうミダス王**です。物語、神話に不思議な能力を持つ人物が登場するのは、洋の東西を問わない共通項と言えるのではないでしょうか。

この日本語に注目！

訳文↓薫の放つ得も言われぬ香りは、この世の匂いではなく、理解を超えたものであり、ちょっと体を動かしただけで、周囲はもとより、遠く離れている場所まで風に乗って運ばれてくる。本当に100歩の距離の外まで届きそうな感じがするのであった。

香の**かうばしさ**ぞ、この世の匂ひならず**あやし**きまで、うち**ふるまひ**給へる辺り遠く隔たるほどの追ひ風も、まことに百歩の外も薫りぬべき心地しける。

訳文↓庭先の花の木も、薫がちょっと袖を触れただけで梅の香りは、春雨の雫にも濡れ、身にしみるように香りを感じる人も大勢いた。秋の野の誰のものでもない藤袴も、もとの匂いは消えて、薫が通ったあとにかぐわしい香りが運ばれる。薫が花を手折ると、一段と花の香りが引き立つのであった。

お前の花の木も、はかなく袖かけ給ふ梅の香は、春雨の雫にも濡れ、身に**しむ**る人多く、秋の野に主なき藤袴も、もとの薫りは隠れて、懐かしき**追ひ風**異に、折りなしがらなむまさりける。

かうばし：香りが高い、よい匂いがする
あやし：不思議だ、神秘的だ
ふるまふ：動作する、動く、行動する
しむ：深く心に刻まれる、身にしみる
追ひ風：衣服にたきしめた香のかおりを運ぶ風
咎む：気にとめる、不審に思い気にかける
ことごと：さまざまなこと、あれこれ
挑まし：張り合いたい、競いたい
移し：服などに薫き物の香りを染み込ませること、その香り

訳文↓このように、薫がまことに不思議なまでに人が気にとめる匂いに染まっているので、匂宮は何よりもそこに対抗意識を燃やした。特別な香をいろいろと薫きしめ、朝夕の仕事として香の調合に精を出した。庭先の植え込みでも、春は梅の花を眺めるものの、秋は人々が愛する女郎花、小さなオス鹿が妻に迎えるような萩の露にも、ほとんど目もくれない

かく、あやしきまで人の**咎むる**香に染み給へるを、兵部卿の宮なむ、**ことごと**よりも**挑ましく**おぼして、それはわざとよろづの優れたる**移し**を染め給ひ、朝夕の**ことわざ**に合はせ**いとなみ**、お前の**前栽**にも、春は、梅の花園を眺め給ひ、秋は、世の人の愛づる女郎花、小牡鹿の妻にすめる萩の露にも、**をさをさ**御心移し給はず

訳文↓（匂宮は薫に対抗して、人工的な薫香づくりに熱中しているが）昔の源氏は、すべての面において、このようにひとつのことにのみ、異様なほど熱中することはなかった。

昔の源氏は、すべて、かく立てて、そのことと、**やうかはり**、**しみ**給へる方ぞなかりしかし。

ことわざ：仕事。言葉の「ことわざ」ではありません。漢字で「事業」と書くんですね

いとなむ：精を出す、準備する

前栽：草木を植えた庭先、庭の植え込み

をさをさ：（下に打消の表現をともなって）なかなか、ほとんど、めったに

やう：様子、状態

かはる：異なっている、違う

しむ：執着する、熱中する。これは前ページの「しむ」と同じで、漢字は「染む・浸む」と書きます

もっと源氏❻

『源氏物語』は、いつ世に出たのか？

文字数で約100万字にも及ぶ『源氏物語』。こんな大作がいつ成立したのか、実は正確な年代はわかっていません。ただ、文献の初出は1008（寛弘5）年11月1日の『紫式部日記』とされており、そこには次のように書かれてあります。

「あなかしこ、このわたりに若紫やさぶらふ」（恐れ入りますが、この辺に若紫さんはいらっしゃいませんか？）

場所は中宮彰子の出産50日を祝う「五十日の祝」の宴席で、声の主は藤原公任。公任は、30代で『和漢朗詠集』の撰者を務めるなど、当代最高の文化人として知られていました。百人一首にも「滝の音は絶えて久しくなりぬれど 名こそ流れてなほ聞こえけれ」が選ばれています。

酔った公任は、宴に同席していた女房に先のように問いかけました。それに対し、その場にいた紫式部はどうしたか。

「源氏に似るべき人も見えたまはぬに、かの上は、まいていかでものしたまはむと、聞きゐたり」

（源氏に似ていそうな人すらいないのに、まして紫の上が、どうしてここにいるのでしょうかと、聞き流したままでいた）

なんと、スルーしたのです。もっとも、わざわざスルーしたことを日記に書くということは、本当はうれしいけれど恥ずかしかったから、というのが一般的な解釈とされています。

この他、藤原道長が『源氏物語』を読んだというくだりも紫式部の日記に登場するように、西暦で言えば千年紀＝ミレニアムの幕開けとともに世に出るや否や、『源氏物語』は話題沸騰、必読の書になったのでしょう。

43

紅梅（こうばい）

政治と恋愛、結婚の方程式

主な登場人物

薫 24歳
匂宮 25歳
夕霧 50歳
按察の大納言 54〜55歳
大君 27歳
中の君 24歳

あらすじ

真木柱（髭黒の娘）は蛍兵部卿の宮と結婚しましたが、夫が亡くなったあと、娘の東の姫君をつれて柏木の弟の按察の大納言（紅梅）と再婚します。按察の大納言にも、亡き先妻とのあいだにできたふたりの娘（大君・中の君）がおり、仲良く暮らしていました。

大納言は娘たちが成人したので、まずは大君を東宮妃として入内させます。次に中の君を匂宮と結婚させたいと思い、紅梅を贈って気を引こうとしましたが、匂宮はどうやら東の姫君のほうに心惹かれている様子。ところが、東の姫君は匂宮を受け入れる気はまったくありません。むしろ、将来は尼になろうと考えています。やがて匂宮の女性関係に関する悪評が耳に届いたため、大納言は中の君を匂宮に嫁がせるのを断念したのです。

齋藤流物語のポイント

31「真木柱」で、**玉鬘に入れ込む父、髭黒の大将に振り回された真木柱も二度結婚をして、3人の娘を育てていた**ことが、この巻でわかります。こうした、「あのときのあの子が、こうなったかぁ」と、まるで自分も登場人物であるかのように感慨に浸れるのも、大河小説『源氏物語』の楽しみ方のひとつと言えるでしょう。

また、按察の大納言も柏木の弟ですから、父は頭の中将（最終的な官位は太政大臣で、引退後の肩書は致仕の大臣）です。日本史の授業でも習ったように、当時権勢を誇った藤原氏は、娘を有力者、なかでも天皇に嫁がせ「外戚」となることで権力を維持してきました。こうした、**親戚、一族同士で権力を争っていた現実の政治が、この物語にも描き込まれている**のです。

訳文↓（按察の大納言が匂宮に対して歌で）もともと香りの高いあなたの袖が触れたのなら、梅の花（私の娘＝中の君）もいかにも素晴らしい匂いだと、世間の評判になるでしょう

本つ香の**匂へる**君が袖触れば　花もえならぬ名をや**散ら**さむ

訳文↓（匂宮が按察の大納言に対して歌で）花の香りが漂う家を訪ねましたが、色に目がないと世の人から非難されるのではないでしょうか、などと、まだ胸の内を明かさない匂宮の返事に、大納言は不満を感じている。

花の香を匂はす宿に訪めゆかば　色に**めづ**とや人の咎めむ　など、なほ心とけずいらへ給へるを、心やましと思ひゐ給へり。

訳文↓薫と匂宮を、世間の人はたいそう格別に考え、たしかに誰からも称賛されるような人物ではあったが、あの方（源氏）に比べると、きわめてつまらない人のように思えるのは、やはりあの方が類稀な人だと思ってしまうせいなのだろうか。

この宮達を、**世人**もいと異に思ひきこえ、げに人にめでられむとなり給へる御ありさまなれど、**端がはし**にもおぼえ給はぬは、なほ**たぐひ**あらじと思ひきこえし心のなしにやありけむ。

この日本語に注目！

本つ：本来の、大本の

匂ふ：よい香りが漂う。「1」と「18」では「美しい」という意味でした

散る：世間に広まる、広く知れ渡る

めづ：かわいがる、好む

世人：世間一般の人

端がはし：きわめてつまらないもの、取るに足りないもの

たぐひ：似たような物事、同類のもの。ここでは「あらじ」が続くので、「並ぶものなき」という意味になります。「27」では「～ようなもの」という意味でしたね

44 竹河

後見のない姫君たちの苦悩

あらすじ

髭黒の大将は太政大臣まで出世したものの、早くに亡くなってしまいました。残された玉蔓は、生活には困ってはいませんでしたが、3人の息子と2人の娘の結婚に悩んでいます。長女の大君は今上帝、冷泉院に加え、薫や夕霧の息子の蔵人の少将からも求婚されていました。悩んだ玉鬘は夕霧に相談し、冷泉院の妃とします。これを知った蔵人の少将と薫は落胆。今上帝は玉鬘の息子に不平を言い、息子たちは出世に響くと玉鬘を責めました。

大君は冷泉院の寵愛を受け、一男一女をもうけます。しかし、冷泉院の愛情を独り占めしたため、先の妃、弘徽殿の女御の嫉妬を受け、気苦労が絶えません。息子たちの出世も遅れた玉鬘は、薫と会った際、最初から薫と結婚させればよかったと吐露したのです。

齋藤流物語のポイント

「匂兵部卿」「紅梅」「竹河」は「匂宮三帖」とも称されます。ただ、この3巻の話はまとまりに欠けるため、実は「紫式部が書いたものではないのでは？」とも言われているのです。

ここでは、かつてモテモテだった玉鬘が再登場します。髭黒と半ば強制的に結ばれた悲運の女性でしたが、子宝に恵まれ裕福に暮らしていました。しかし、夫の死後、子どもたちの将来のことで悩みます。長女は自分が思いを寄せていた冷泉院に出仕させ安泰かと思いきや、日々、気苦労が絶えません。やはり、**権力者であった髭黒の後ろ盾があるかないかで、宮中の立場も大違いということ**なのでしょう。自分のミスチョイスに「たらればと嘆くばかりの玉鬘。後悔が絶えないのが人生、というわけです。

主な登場人物

薫 14~23歳

匂宮 15~24歳

夕霧 40~49歳

玉蔓 47~56歳

大君 16~25歳

中の君 14~23歳

この日本語に注目！

訳文↓（薫が歌で）いままでの期待もむなしいことがわかり、世の中はいやなものだとつくづく思い知りました

流れての**たのめむなしき**竹河に よは憂きものと**思ひ知り**にき

訳文↓玉鬘は、気分がすぐれず、聞くのもいやだったが、「こんな生活ではなく、ゆったりとして気分のいい人生を歩む人も多いんでしょうね。このうえない幸運に恵まれないのであれば、娘の宮仕えのことなど、考えるべきではなかったのよ」と嘆いたのだった。

心やすからず聞き苦しきままに、「かからで、**のどやか**に**目やすく**て、世を過ぐす人も多かめりかし。**限りなき**幸ひなくて、宮仕への筋は、**思ひ寄る**まじきわざなりけり」と、大上は嘆き給ふ。

流れて：年を経る、ときが流れる

たのめ：期待、あて

むなし：むだだ、無益だ。「37」では「死んでいる」という意味でした

思ひ知る：わきまえ悟る。理解する。身にしみて感じる

心やすし：心穏やかだ、安心だ。「38」は「気が置けない」という意味でしたね

のどやか：平穏で静かなさま、穏やか、のどか

目やすし：感じがよい、見苦しくない

限りなき：このうえない

思ひ寄る：思いつく、考えがおよぶ

45 橋姫（はしひめ）

最終章の舞台は宇治へ

あらすじ

源氏の異母弟、八の宮は、高貴な出自でありながら世間から忘れ去られた存在でした。八の宮は、妻の北の方を亡くしたうえ、京の邸宅が火災で焼けてしまったので宇治に移り住み、ふたりの姫君（大君・中の君）とひっそりと暮らし、仏道に励んでいたのです。そんな八の宮の信仰心に興味を抱いた薫は、宇治に通うようになります。晩秋のある日、八の宮の留守中、琴と琵琶を合奏する美しい姉妹の姿に、薫は心が惹かれました。

再度宇治を訪れた薫に対し、八の宮は自分が亡きあと、娘たちの後見役になってくれるよう頼みます。それを薫は快諾。だがその日、薫は姫君たちに仕える老女房（柏木の乳母の娘）から、自分が柏木の子であるということを聞き、衝撃を受けてしまったのです。

齋藤流物語のポイント

ここから舞台は宇治へ。そのため、最後の54巻まで「宇治十帖」と呼ばれます。京都の宇治はいまでは観光地として有名ですが、**当時「宇治」は「憂し」にかけて、世の中をうとましく思った人が住む場所**とされていました。

この憂しという言葉は、『源氏物語』をはじめ多くの歌などにもよく登場します。たとえば、百人一首の**「長らへば またこのごろや しのばれむ 憂しと見し世ぞ 今は恋しき」**を覚えている方もいることでしょう。「生きていれば、現在のつらさを懐かしむことができるだろうか。つらかった過去も、いまは恋しく思うのだから」という意味です。柏木の出生の秘密や恋物語も含めて、この「憂し」が物語の大円団に向けて、重要なキーワードになっていきます。

主な登場人物

薫 20~22歳

匂宮 21~23歳

夕霧 46~48歳

大君 22~24歳

中の君 20~22歳

この日本語に注目！

訳文↓中の君が「扇でなくて、これ（撥）でだって、月は招き寄せられそうだわ」と言いながら外の様子を見ている顔は、たいそう愛嬌があり、しかもつややかで美しい。

「扇ならで、これしても、月は招きつべかりけり」とて、さしのぞきたる顔、いみじくらうたげに**匂ひやか**なるべし。

訳文↓大君が「夕日を招き返す撥というのはありますが、月なんて、風変わりなことを思いつく方ですこと」と言って、ほほ笑んでいる様子は、中の君よりもう少し落ち着いて優雅な感じがした。「そこまででなくても、撥も月に縁のないものでもなくてよ」などと、とりとめもないことを、気を許して言い合っているふたりの様子は、薫が頭のなかだけで想像していたのとは違って、とても可憐で親しみが持てて愛らしいものだ。

「**入る**日を返す撥こそありけれ。**さま異**にも**思ひ及び**給ふ御心かな」とて、うち笑ひたる気配、今少し**重りか**に**よしづき**たり。「及ばずとも、これも月に離るるものかは」など、はかなきことを、うちとけ宣ひ交はしたる気配ども、さらによそに**思ひやり**しには似ず、いとあはれに懐かしう**をかし**。

匂ひやか：つやつやと美しく華やかな様子、色鮮やかなさま

入る：太陽や月が沈む。「19」で紹介したように「入り日」で「夕日」「落日」という意味になります

さま異：異様だ、風変わりだ、格別だ

思ひ及ぶ：思いつく、考えつく

重りか：重々しい、重厚である

よしづく：奥ゆかしい風情がある、風雅の趣がある

思ひやる：遠くへ思いをはせる、想像する。「15」では「気にかける」という意味でしたね

訳文 ↓色とりどりの紙で、女三の宮とたまに交わした手紙の返事が、5、6通ある。

色々の紙にて、たまさかに**通ひ**(かよ)ける御文(おほんふみ)の返事(かへりごと)、五つ、六つぞある。

訳文 ↓和紙五、六枚に、それぞれに悲しいことをぽつりぽつりと、奇妙な鳥の足跡のように書いた

さまざま悲しきことを、**陸奥紙**(みちのくにがみ)五、六枚に**つぶつぶと**怪しき鳥(とり)の跡(あと)のやうに書きて

訳文 ↓まるで、たったいま書いたような感じの言葉が、詳細で具体的に記してあるのを見ると、薫は「たしかに人目に触れでもしたら大変だった」と不安になった。それほど気がとがめ、いたわしい内容だったのである

ただ今書きたらむにも**違はぬ言の葉**(たが・こと・は)ども、細々(こまごま)と**さだか**なるを見給ふに、げに落ち散り(お・ち)たらましよ、と、後ろめたう(うし)、いとほしきことどもなり。

をかし：愛らしい、美しい、かわいい。「2」では「面白い、素晴らしい」という意味でしたね

通ふ：ことば・手紙や思いが通じる

陸奥紙：和紙の一種で「陸奥」で生産される上質紙

つぶつぶと：こまごまと、つぶさに。「ぽつりぽつり」という訳もあり、人によって解釈が違うというのが現状となっています

違ふ：食い違う、一致しない、変わる

言の葉：言葉、言語。和歌、歌を指すこともあります

さだか：はっきりしているさま、確実なさま

複雑すぎる四角関係の恋模様

中の宮と匂宮が結ばれれば、大君と一緒になれると考えた薫。
ところが、大君は薫を拒絶する一方、匂宮の煮え切らぬ態度に、
姉妹の不信感は高まるばかり。
やがて、気に病んだ大君は病死してしまいます。

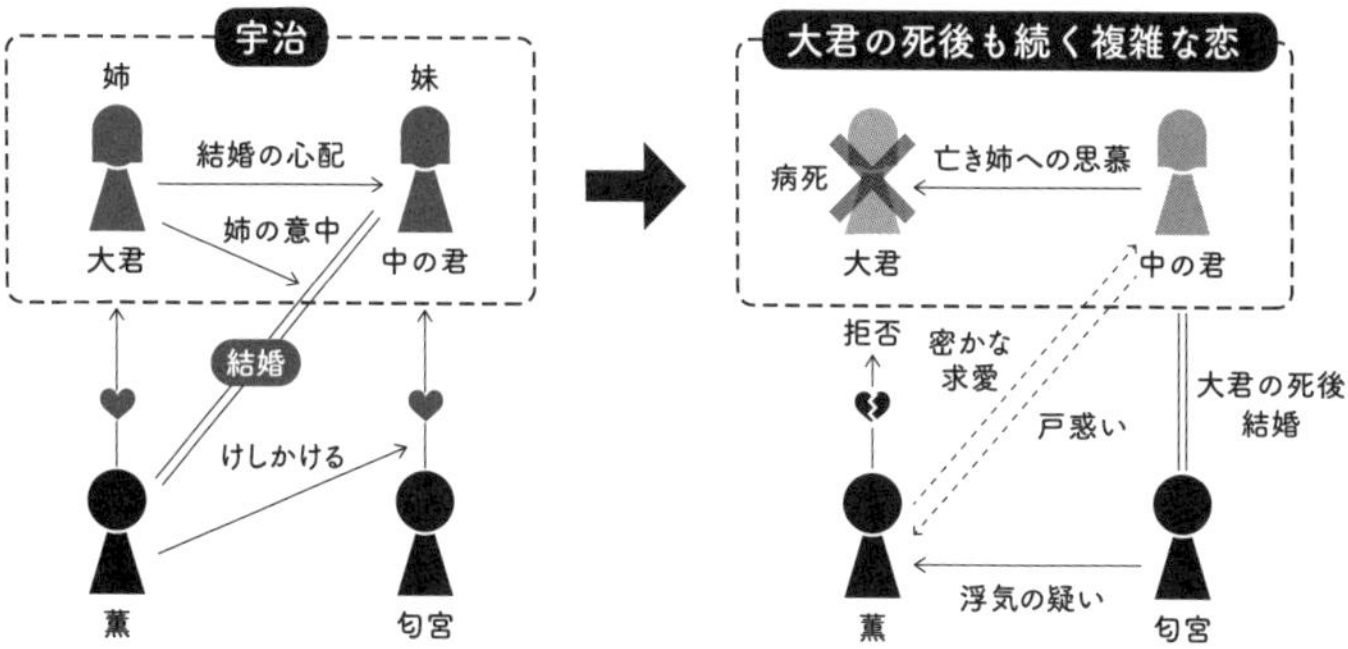

薫が、琴の合奏をしていた大君（左奥）と中君（奥）を初めて垣間見る場面
（『源氏物語絵巻・橋姫』より）

46 椎本（しいがもと）

家の零落が生んだ恋の迷走劇

主な登場人物

薫 23～24歳

匂宮 24～25歳

夕霧 49～50歳

大君 25～26歳

中の君 23～24歳

あらすじ

薫から八の宮（源氏の異母弟）の娘、大君と中の君の話を聞いた匂宮は、姉妹に興味を抱きます。宇治にある夕霧の別荘で薫と管弦の遊びを催したのをきっかけに、匂宮は中の君と手紙のやりとりを始めました。

その年の夏、八の宮は厄払いのために山寺に入ることにします。その前に、娘たちに対して、宮家の名誉を傷つけるような結婚はせず、宇治で一生を終えるよう話すと、山寺で亡くなってしまったのです。葬儀は、すべて薫が取り仕切りました。

年末に、大君と中の君のもとを訪れた薫は、自分が大君に惹かれていることを自覚します。そこで大君は自分と結婚し、中の君は匂宮と結婚させようと勝手に思い描きました。ところが、大君はそれに乗り気ではなかったのです。

齋藤流物語のポイント

八の宮は桐壺帝の息子で、亡き妻、北の方も大臣の娘でした。このように家柄がよかっただけに、娘たちには皇族としてみっともない結婚だけはしてほしくない、というのが八の宮の願いだったのです。それとともに、**家が零落しているので、思うように縁談をまとめられなかった**背景も見過ごせないでしょう。このため、恋物語が迷走することになったわけです。

やがて、娘たちの噂を聞きつけた匂宮までもが、宇治に足を運ぶようになってしまいます。薫も関係を好転させようとしますが、なかなか大君と気持ちが通じません。八の宮が存命中に薫と大君が結婚していたら、こんなややこしいことにはならなかったはず。こうした、やきもきする人間関係を楽しむ巻といえるでしょう。

この日本語に注目！

訳文 ↓（薫が亡くなった八の宮の部屋でしのんだ歌で）いつでも立ち寄ったら守ってくれると頼りにしていた椎の木の根元が、何もない場所になってしまった

立ち寄らむ**蔭**と頼みし椎が本　むなしき**床**になりにけるかな

訳文 ↓（八の宮が娘たちに）これは私ひとりのためだけではない。亡き母の名を傷つけぬよう、軽々しい気持ちで動いてはいけない。よく知らない相手の言葉に乗せられ、この宇治を離れてはいけない。

我が身ひとつにあらず、**過ぎ**給ひし**御面伏せ**に、かろがろしき心ども遣ひ給ふな。おぼろけのよすがならで、人の言にうちなびき、この山里を**あくがれ**給ふな。

訳文 ↓（八の宮は姫君たちに）ただ、このように世間の人と違った運命の身と思い、ここで一生を終えるのだと覚悟を決めなさい。一途にその気になれば、何事もなく過ぎてしまうでしょう。

ただかう、人に違ひたる契り異なる身とおぼしなして、ここに**世を尽くし**てむ、と思ひ取り給へ。**ひたぶる**に思ひなせば、**ことにもあらず**過ぎぬる年月なりけり。

蔭：かばい、守ってくれること、庇護。

床：場所、床、牛車の車体

過ぐ：死ぬ

面伏せ：不名誉、面汚し

あくがる：離れ出る、さまよう

世を尽くす：生涯を終える

ひたぶる：ひたすらする様子、一途なさま。他にも「強引な」「乱暴な」という意味もあります。漢字では「頓・一向」と書きます。「ひたすら」「ひたむき」などにも使われる「ひた」は「一」、つまり「ひと」が転じたものだといいます。

ことにもあらず：何ほどのことでもない

47

総角（あげまき）

妹の幸せを願い続けた姉の悲劇

主な登場人物

薫　24歳
匂宮　25歳
夕霧　50歳
大君　26歳
中の君　24歳

あらすじ

八の宮の喪が明けると、薫は姉妹の邸に行き、強引に姫君たちの部屋に押し入りました。ところが、大君は屏風の裏に隠れてしまい、中の君しかいません。相変わらず大君は、薫に心を許してはくれなかったのです。

薫は匂宮と中の君が結婚すれば、大君の気持ちも変わると考え、匂宮を中の君のもとへと通わせました。ふたりは情を交わしましたが、父の帝と母の明石の中宮が、匂宮の遠出を禁じてしまい、さらに匂宮と夕霧の娘、六の宮の結婚を決めてしまったのです。

姉妹は、自分たちがないがしろにされたと思い、匂宮に失望。大君は心労のあまり病気になってしまいます。それを知った薫はつきっきりで看病しますが、大君は帰らぬ人に。夢でも見ている気分で薫は、大君を弔いました。

齋藤流物語のポイント

巻名の「総角」とは、糸の結び方のこと。縁起のいい結び方であることから、薫は大君に「あげまきに長き契りを結びこめ 同じ所によりもあはなむ」という歌を贈りました。総角の結びのように、いつも一緒にいたいものです、という意味です。薫はこの歌の通り、心惹かれる大君と結婚し、八の宮の娘たちの後見になろうと考えます。しかし、**両親を失った大君は、自分の幸せよりも妹の幸せを望んでいた**のです。

前項でも説明したように、家が零落していると、自分の思うような結婚も実現できませんでした。**物語の前半部分で描かれた身分の差とともに、結婚の前に経済力という問題が立ちはだかるのもまた、当時の哀しい現実**だと思わざるを得ません。

この日本語に注目！

訳文↓薫は「いつものようにお会いしたい」と申し入れたが、大君は「気分がすぐれず、面倒でしょうから」と断り、会おうとはしない。

例のやうに聞こえむ、と、また御**消息**あるに、「**心誤り**して、煩はしくおぼゆれば」とかく聞こえ**争ひ**て対面し給はず。

訳文↓大君の女房たちは、とてもおめでたいことと話し合って、薫を大君の寝室にお通ししようと、皆で示し合わせた。

いと**めでたかる**べきことに言ひ合はせて、ただ入れ奉らむと、皆語らひ合はせけり。

訳文↓「女房は皆、年をとり、賢いと自分自身は思い、いい気になって、お似合いのご縁だと言ってくるが、これを信用していいのか。いかにも正しいと思い込み、勝手なことを言っているばかりでは」と大君は疑っていた

「ある限りの人は年積もり、**賢し**げにおのがじしは思ひつつ**心を遣り**て、似つかはしげなることを聞こえ知らすれど、こは**はかばかし**きこととかは。**人めかし**からぬ心どもにて、ただ一方に言ふにこそは」と見給へば

消息：手紙、訪問すること

心誤り：気分が悪い、すぐれない。「28」では「心得違い、思い違い」という意味でしたね

争ふ：抵抗する、断る、駄々をこねる。これが名詞化した「すまひ」は「相撲」のことです

めでたし：素晴らしい、立派だ、おめでたい

賢し：賢い、しっかりしている

心を遣る：得意になる

はかばかし：しっかりしている、てきぱきしている、頼りになる

人めかし：一人前らしい、立派な人のような

48 早蕨

あてがはずれた薫の重い喪失感

主な登場人物

薫 25歳
匂宮 26歳
明石の中宮 45歳
夕霧 51歳

あらすじ

大君を亡くした悲しみから立ち直れない中の君。そこで、両親からも結婚の許可を得ていた匂宮は、中の君を都に迎え入れることにしました。薫は、大君を失ったことを深く悲しむとともに、その形見ともいえる中の君を匂宮と結婚させてしまったことを、後悔するようになります。中の君は一生、宇治で暮らすものだと思っていましたが、京に上がると、匂宮に大事にされました。

一方、娘を匂宮に嫁がせようと思っていた夕霧は、中の君とのことを知り、がっかりします。そこで今度は薫に嫁がせようと考えますが、薫はにべもありません。夕霧は自分の娘を袖にした薫と匂宮に不満を抱きます。一方、匂宮と結婚後も中の君のもとを訪れる薫。その行動を、匂宮は次第に疑い始めたのです。

齋藤流物語のポイント

姉の死を悲観する中の君でしたが、このまま宇治でひとりさびしく過ごしていても仕方がないと考え、宇治から京へ引っ越すことを決意します。この決断を喜んだのは、中の君の女御たち。この時代、**仕える人の結婚や出世によって、彼女たちの生活も大きく変貌した**からです。

実際、前項で見たように、**宇治の邸を訪れた薫が大君の部屋まで行けたのは、女御たちの手引きがあってのこと**。当然、女御たちは薫と大君が結婚し、その生活がよくなることを望んでいました。しかし、そうはならなかったわけですから、匂宮に期待を寄せていたはずです。

こうした周りの人たちの考えや暮らしも想像しながら読むと、物語の魅力もさらに増します。生活が大切なのは今も昔も変わらないのです。

この日本語に注目！

訳文↓（中の君が歌で）今年の春は誰に見せましょうか、亡き姉の形見として摘んだ峰の早蕨を

この春は誰にか見せむ亡き人の　かたみに摘める峰の**早蕨**

訳文↓中の君は、なんということもないことを歌に詠む際も、上の句と下の句とを大君と分けて詠み合い、心細いこの世の悲しみもつらさも語り合ってきたからこそ、気分を晴らすこともできた。だが、面白いことも興趣あふれることも理解し合える人がいなくなったので、何事も暗闇のなかで思い悩んでいた

はかなきことをも、**本末**をとりて**言ひ交はし**、心細き世の憂さも辛さも、うち語らひ合はせ聞こえしにこそ、**慰む**かたもありしか、をかしきこと、あはれなる節をも、**聞き知る**人もなきままに、よろづ**かきくらし**、心ひとつを**くだきて**

訳文↓中の君は月日が経ったことも知らず、ただ途方に暮れていた。人がこの世にいる時間には限りがあるが、死ねないのもまたみじめだった。

明け暮るるも知らずまどはれ給へど、世にとまるべきほどは、限りあるわざなりければ、死なれぬもあさまし。

早蕨：芽吹いたばかりの若いわらび

本末：歌の上の句と下の句、ものの上下、草木の根元と枝先、始めと終わり

言い交わす：手紙、歌などのやりとりをする

慰む：気分を晴らす、気をまぎらす。「からかう」「もてあそぶ」という意味もあります。いまでも気晴らしのことを「慰み」と言うことがありますね

聞き知る：聞いて理解する

かきくらす：周りを暗くする、悲しみにくれる

くだく：あれこれと心を悩ます、思い悩む

明け暮る：ときが過ぎる

49 宿木

いわくつきの最後のヒロイン登場

主な登場人物

薫 24~26歳

匂宮 25~27歳

中の君 24~26歳

浮舟 19~21歳

あらすじ

大君が忘れられない薫でしたが、今上帝の娘、女二の宮との結婚に渋々同意します。一方、匂宮も夕霧の娘、六の君との結婚を決意。これを聞いた妊娠中の中の君は、自分とお腹の子の今後が心配で仕方がありません。薫に宇治へ帰りたいと相談するなか、大君と中の君に浮舟という異母妹がいると聞きました。大君に似ているというその浮舟に、薫は興味を抱きます。

一方、匂宮は中の君の服についた薫の匂いに気づき、ますますふたりの仲を疑いますが、自身も美しい六の君に惹かれていきます。翌年、中の君が男児を出産。複雑な薫でしたが、ある日、宇治を訪れた際に偶然にも浮舟の姿を垣間見ました。その姿が大君にそっくりだったため、薫は心を奪われてしまいます。

齋藤流物語のポイント

ここから、**「源氏物語」の最後のヒロインとなる浮舟が登場**します。匂宮との結婚生活が不安になる中の君に下心を抱きつつ、会っては励ます薫。そんな**薫への未練を断ち切るためにも、中の君は浮舟の存在を教えた**のです。そして、実際にその姿を見た薫は、大君とあまりに似ていたので、うれしさを隠しきれません。

このあたりの展開はとてもドラマチックです。ドラマでもよくあるような、「死んだと思っていた人が生きていたが、それは双子の兄だった」という思わぬ展開が、視聴者の大好物。この法則を、紫式部はすでに平安時代に物語に描き込んでいたわけですから驚きです。

こうして役者がそろったところで、ここからは、浮舟が波乱を巻き起こしていくのです。

この日本語に注目！

訳文↓（薫いわく）「いままで、この世にいるとも知らなかった人（浮舟）が、この夏ごろ、遠いところから上京してきて、私のもとに尋ねて来ました。まったくの他人扱いはできませんが、かと言って、いきなり親しくすることもないと思っておりました。ところが、先日その人が来たとき、不思議なほど、亡き大君と見た感じが似ていたので、しみじみと胸を打たれました」

「年ごろは世にやあらむとも知らざりつる人の、この夏ごろ遠き所より**ものして**、尋ね出でたりしを、**疎く**は思ふまじけれど、また**うちつけ**に、さしも何かは睦び思はむ、と思ひ侍りしを、**さいつごろ**来たりしこそ、怪しきまで、**昔人**の御気配に**通ひ**たりしかば、あはれにおぼえなりにしか」

訳文↓（薫が浮舟について）「この人（浮舟）は大君とは別の人であるが、心の穴を埋めてくれるかもしれない」と思われるのは、私とこの人とは前世からの縁があったからであろうか。

「これは**異人**なれど、慰めどころありぬべきさまなり」とおぼゆるは、この人に契りのおはしけるにやあらむ。

ものす：行く、来る、ある、いる、生まれる、死ぬ。このように、さまざまな動作や行動を表す動詞の代用として使われます

疎し：よそよそしい。「41」では「親密でない、縁遠い」という意味でしたね

うちつけ：突然だ、急だ、だしぬけだ

さいつごろ：さき頃、先日。漢字では「先つ頃」と書きます

昔人：亡くなった人、故人

通ふ：似通う、共通点がある。もちろん「〜に通う」という意味もあります

異人：別人

50

東屋（あずまや）

最後の三角関係の行く末

主な登場人物

薫 26歳

匂宮 27歳

夕霧 52歳

中の君 26歳

浮舟 21歳

あらすじ

浮舟（うきふね）と恋仲になりたい薫ですが、浮舟の母、中将の君（ちゅうじょうのきみ）は、あまりの身分格差に躊躇（ちゅうちょ）していました。そこへ、左近の少将（さこんのしょうしょう）という人物が浮舟に求婚してきます。ところが、浮舟の父、常陸介（ひたちのすけ）の資産目当てだったので、浮舟が継娘（ままむすめ）だと知ると実娘に乗り換えてしまったのです。浮舟の将来を案じた母は、中の君に浮舟を預けることにしました。

しかし偶然、浮舟を見かけた匂宮が、言い寄ってきます。姉である中の君の夫に迫られて困惑する浮舟。幸い何ごともなかったものの、これを知った中将の君は、浮舟を引き取り、三条のひなびた東屋に隠しました。

秋、薫はその東屋を訪れ、浮舟と一夜をともにします。そして翌朝、薫は浮舟を連れて宇治へと向かいました。

齋藤流物語のポイント

薫は帝（みかど）の娘を妻にし、栄達も期待できましたが、出世に興味がなく、垣間見た浮舟の存在が気になります。ところが浮舟の母、中将の君は薫の気持ちを知りつつ、浮舟を薫に、とは考えてはいません。**浮舟が産まれたとき、実の父、八の宮は仏道に入っていたので、浮舟を子どもとして認知しませんでした**。その後、中将の君は常陸介と結婚しますが、**常陸介は連れ子の浮舟を認めません**。しかも**常陸介は、前半で登場した明石（あかし）の入道（にゅうどう）と同じく受領（ずりょう）でした**。

このように、浮舟には引け目に感じる要素が、いくつもあったのです。そこへ、またもや現れたのが匂宮。匂宮も薫と同様、浮舟を見て心が惹かれてしまいます。そこから、大きな悲劇が引き起こされてしまうのです。

この日本語に注目！

訳文↓（浮舟の母いわく）宮の上（中の君）が、世間では幸運だと言われていますが、悩みがちな様子を見ると、いずれにしても、浮気心がない人だけが、いい印象で頼りになる相手でしょう。自分の経験からもわかります

宮の上の、かく幸ひ人と申すなれど、**物思はし**げにおぼしたるを見れば、**いかにもいかにも**、二心なからむ人のみこそ、**めやすく**頼もしきことにはあらめ。我が身にても知りにき。

訳文↓（浮舟の母いわく）貴族や皇族とのことで、優雅で立派な家の方との縁があっても、私のようにどうでもいい扱いをされるのでは、結婚する意味がありません。

上達部、親王達にて、雅びかに**心恥づかし**き人の御辺りといふとも、我が**数ならで**はかひあらじ。

訳文↓（浮舟の母いわく）すべてのことが、私の身分の低さが原因だと思い、何もかも悲しくなります。だから何とかして、浮舟が物笑いの種にならないようにしてあげたいのです

よろづのこと我が身からなりけりと思へば、よろづに悲しうこそ見奉れ。いかにして、**人笑へ**ならずしたて奉らむ

物思はし：物思いにふけっている様子だ、悩んでいる様子だ

いかにもいかにも：いずれにしても、どのようにも

めやすし：見た目に感じがよい、見苦しくない

上達部：三位以上の貴族

心恥づかし：気おくれする、相手が立派である

数ならず：取るに足らない、どうでもいい。「数ならぬ身」といった形で、身分の低さを卑下したり、嘆いたりするときに使われます

人笑へ：他人に笑われるようなぶざまなさま。この時代「人笑へ」になるのは最大の屈辱でした

51 浮舟（うきふね）

葛藤の末に見せた死への覚悟

主な登場人物

薫 27歳

匂宮 28歳

夕霧 53歳

中の君 27歳

浮舟 22歳

あらすじ

浮舟のことが忘れられない匂宮は、妻の中の君あての年賀のあいさつのなかに浮舟のものを見つけ、宇治にいることを知ります。その後、薫と浮舟の関係を知った匂宮は、薫に成りすまして浮舟と関係を結びました。浮舟は自分の身に起きたことを恐れる反面、情熱的な匂宮に惹かれていき、逢瀬を重ねます。

そんなことがあったとは知らない薫は、浮舟に都へ迎えることを約束。しかしある日、匂宮との関係を知った薫は、匂宮が浮舟に近づかないように宇治の住まいの警戒を強め、何としても匂宮と会わせないようにします。さらに、浮舟に浮気を非難する手紙を送ったのです。

薫と匂宮の板挟みにあい、追い詰められた浮舟。匂宮と母あてに遺書を書き、宇治川に身を投げることを決意します。

齋藤流物語のポイント

匂宮の女性好きの性格を熟知していたので、妻の中の君は浮舟の存在を知られないようにしていました。しかし、嗅覚の優れた匂宮は、宇治に浮舟がいることを知り、彼女に近づきます。ただ、薫に成りすまして浮舟に迫るあたり、情熱的という言葉を超えて、ちょっと異常だと言えるかもしれません。**身分の高い自分なら、何をしてもいいだろうという傲慢さ**も感じますね。

巻名は、浮舟がふわふわと漂っている自分の身を、舟にたとえたことに由来します。普通に暮らしたい浮舟の気持ちは一切考えず、ただ大君の代わりとして近寄ってくる薫と匂宮。**生まれから恋愛まで、周りに翻弄され続けた浮舟は最後に自分の意志で命を絶つことを決めます。**悲劇のヒロインと呼ばれる所以（ゆえん）でしょう。

この日本語に注目！

訳文↓「とりあえず開けなさい」とおっしゃる匂宮の声は、非常にうまく薫に似せられており、しかもひっそりと言うので、別人とは思いも寄らず、右近は格子を開け放った。

「まづ開けよ」と宣ふ声、いとようまねび似せ給ひて、忍びたれば、思ひも寄らず、かい放つ。

訳文↓浮舟は、「違う人だわ」と気づき、びっくりし大変なことになったと思ったものの、匂宮は声を出させないようにした。

女君は、「あらぬ人なりけり」と思ふに、あさましういみじけれど、声をだにせさせ給はず。

訳文↓浮舟はまた一方、大将殿（薫）を、なんて美しい方、こんないい男がいるのかと思っていたが、匂宮のことも「愛情が深くて輝くように美しく、薫よりも格段にいい男だわ」と思う。

女はまた、大将殿を、いと清げに、またかかる人あらむやと見しかど、細やかに匂ひ、清らなることは、こよなくおはしけりと見る。

まねぶ：まねをする。実は漢字で「学ぶ」と書きます。昔から、見習うということ＝学ぶことだったんですね

放つ：開ける、開く。「かい」は動詞につく接頭語で、語調の調整や、強調といった役割があります

せさせ：させる。使役動詞です。ここでは「声を出させない」となります

細やか：愛情が深いさま、親密なさま

一方一方：どちらか一方、それぞれ

うたて：いやだ、嘆かわしい、心が痛む

扱ひ：世話、育児、看病、接待、仲裁。いまだと「も

訳文 ↓（浮舟は）「どちらにしても、薫と匂宮、どちらかの妻になっても、とても心が痛むことが起こることでしょう。自分ひとりだけこの世を去るのが、一番見苦しくない選択でしょう」

「とてもかくても**一方一方**につけて、いと**うたて**あることは出で来なむ。我が身一つの亡くなりなむのみこそめやすからめ」

訳文 ↓「私が死んでしまったら、親も少しのあいだは嘆くでしょうけれど、たくさんの子どもの世話もあるので、自然と忘れることでしょう。生きながら間違いを犯し、世間の物笑いとしてうろうろしていては、死ぬよりもつらいことになるはず」

「親もしばしこそ嘆き惑ひ給はめ、あまたの子ども**扱ひ**に、おのづから**忘れ草**摘みてむ。ありながら**もてそこなひ**、人笑へなるさまにて**さすらへむ**は、まさるもの思ひなるべし」

の扱い」が主な使い方ですが、当時は世話、育児が第一義だったんですね

忘れ草：草の名。中国の古典に由来し、日本ではとりわけ恋の苦しさを忘れる草として、植えられたり、身につけたりしていたといいます

もてそこなふ：過ちを犯す、しそこなう

さすらふ：さまよい歩く、放浪する。漢字では「流離ふ」と書きます。やまとことばへの漢字の当て方が面白いですよね

もっと源氏❼

女性による女性のための物語

ここまで見てきたように、『源氏物語』に登場する女性たちは、すべて自分の思い通りに生きてこられたわけはありません。むしろ、周りの環境や人間、出自など、自分ではどうしようもないことに翻弄されてきた人がほとんどです。

それでも、『源氏物語』は「女性による女性のための物語」と言っていいのではないでしょうか。

全体を通じてどの巻にも、さまざまなヒロインが登場します。源氏や薫、匂宮らは主人公といえば主人公ですが、こうして源氏ワールド全体に触れていただければおわかりのように、ヒロインなくして物語は成立しません。

いや、もしかすると翻弄されていたのは、源氏たち男性と言えるのではないでしょうか。

男性陣が、いずれもどこか抜けていたり、意外と大事なところで失敗したりする。その反面、当初は弱々しい感じがしたヒロインたちが、ここぞというときに決断力を発揮する。ヒロインたちが、ただ流されるだけの存在ではなくなっていく変化も見どころです。

ヒロインたちの魅力と、男たちの「あるある」が作品を読む推進力になる。だからこそ、光源氏のモデルという説もある、当時、権力の絶頂にいた藤原道長（ふじわらのみちなが）ら多くの貴族にも、『源氏物語』は支持されたのだと思います。

52 蜻蛉（かげろう）

消えた浮舟と変わらぬ日常

主な登場人物

薫 27歳
匂宮 28歳
夕霧 53歳
中の君 27歳
浮舟 22歳

あらすじ

浮舟が行方不明になったため、宇治の邸は大騒ぎになります。浮舟の周りの女房は、身投げしたのではと思い、そのことを母の中将の君に伝えました。そこで、世間の目もあるので、遺体がないまま葬儀を行ったのです。悲しみのあまり寝込んでしまった匂宮。一方、薫は浮舟を宇治に連れていったのに、放っておいたことをひどく悔い、法事を営みました。

その年の夏、薫は妻の姉である女一の宮を垣間見ます。あまりの美貌に心を奪われてしまった薫。さらには、浮舟の従妹の宮の君にも心動きますが、心は慰められません。

秋の夕暮れ、目の前を飛ぶ蜻蛉（トンボ）を眺めながら、薫は亡き大君や浮舟、そして中の君たちのことを追想したのでした。

齋藤流物語のポイント

三角関係のもつれから失踪してしまった浮舟ですが、よく考えると薫とも匂宮とも結婚していないので、不義を犯したわけではありません。本来なら堂々としていてもいいところですが、「自分がいなくなれば……」と判断し、蜻蛉のように消えてしまいます。一方で、残された人たちは浮舟のことを思い返しはしますが、その日常は何も変わってはいません。

『源氏物語』に登場する女性は、最初は世間知らずで純粋であっても、さまざまな出来事を経験していくうちに、強く、したたかな人間に成長していきます。ところが浮舟は、最後まで純朴で真面目なまま。**前者の藤壺ら京の女と、後者の田舎出身の浮舟という対比が、物語に奥深さと余韻を与えている**ように感じます。

この日本語に注目！

訳文↓周りは、ただあわてふためいているだけだが、浮舟の事情を知っている者同士（侍女の右近と侍従）だけは、浮舟がひどく悩んでいた様子を思い出し、「身を投げたのではないか」という考えに至っていた。

ただ騒ぎあへるを、かの心知れるどちなむ、いみじくものを思ひ給へりしさまを思ひ出づるに、「身を投げ給へるか」とは思ひ寄りける。

訳文↓（薫は病の匂宮を見舞って）「浮舟と君は、自然と知り合いになっていたかもしれないね。奥さんと中の君との関係もあり、邸にも出入りする理由もあるだろうから」などと、少しずつ当てこすって、「体の調子が悪いときは、つまらない世間話を聞いて驚くのもよくないこと。くれぐれもお大事に」などと言い残して、薫は帰っていった。

「おのづからさもや侍りけむ。宮にも参り通ふべきゆゑ侍りしかば」など、少しづつ気色ばみて、「御心地例ならぬほどは、すずろなる世のこと聞こし召し入れ、御耳驚くも、あいなきことになむ。よく慎ませおはしませ」など、聞こえ置きて出で給ひぬ。

騒ぐ：あわてる、動揺する。もちろん、「物音を立てる」という意味もあります

心知れる：事情を知っていること・人、気心が知れていること・人

どち：（名詞について）～同士、～仲間。ここでは「浮舟の事情を知っている者同士」となります

例ならず：いつもとちがっている、体の調子が悪い

耳驚く：聞いて驚く

あいなし：よくない、むだだ、つまらない

聞こえ置く：前もって申し上げておく、言い残し申し上げる。「言い置く」の謙譲語です

53 手習（てならい）

心の平穏を得て
自分を見つめ直す

主な登場人物

薫
27〜28歳

匂宮
28〜29歳

浮舟
22〜23歳

中の君
27〜28歳

妹尼
50歳くらい

あらすじ

自ら命を絶とうとさ迷い歩いた浮舟は、宇治川沿いの森かげで倒れてしまいます。するとそこを通りがかった比叡山の横川の僧都らに助けられました。僧都の妹尼は、亡き娘の代わりだと思い、懸命に介抱します。そのおかげで浮舟は意識を取り戻しましたが、素性を話そうとはしません。一方で、妹尼は亡き娘の夫の中将と浮舟を結婚させようと考えます。中将も浮舟を気に入り、言い寄りますが、浮舟はうんざりするばかり。ついには、僧都に懇願して出家してしまったのです。

その後、宮中で祈禱した際、僧都は明石の中宮に身元不明の女性のことを話します。それを耳にし、その女性は浮舟ではないかと考えた薫。そこで、浮舟の弟、小君を連れて僧都のもとを訪ねることにしました。

齋藤流物語のポイント

固く決意したにもかかわらず、それでも死ねなかった浮舟。しかし、**横川の僧都に助けられたことは、浮舟にとって人生最大のラッキー**だったかもしれません。

僧都のもとにいるあいだ、浮舟は巻名にある「手習い」に精を出します。「10」の語句でも説明したように、**手習いとは心に浮かぶまま、古歌などを書き記したり、自分の歌を書いたりすること**です。たとえば、浮舟はこんな歌を詠みました。「身を投げし涙の川の早き瀬に しがらみかけて誰か止めし」。これは、「涙ながらに身を投げたあの川の早い流れをせき止めて、私を助けたのは誰でしょう」という意味です。

こうして自分を取り戻しつつ、浮舟はいよいよ大団円で強く生まれ変わるのです。

この日本語に注目！

訳文↓僧都の弟子が、森のように見える木の下を、「気持ち悪いところだ」と見ていると、白いものが広がっている。「あれは何だ」と立ち止まって、火を明るくして見てみると、何かがうずくまっている。「狐の妖怪だ。小癪な。正体を暴いてやる」と言って、ひとりの僧が少し近寄った。

森かと見ゆる木の下を、**うとましげ**の**わたり**やと見入れたるに、白き物の**広ごり**(ひろ)たるぞ見ゆる。「かれは何ぞ」と立ち止まりて、火を明(あ)かくなして見れば、物(もの)の居(ゐ)たる姿(すがた)なり。「狐(きつね)の**変化**(へんぐゑ)したる、**憎し**(にく)。見顕(みあらは)さむ」とて、一人はいま少し歩み寄る。

訳文↓浮舟自身、気分がすっきりし、少し意識がはっきりしてきたので見回すと、ひとりも見たことがある顔はなかった

正身(さうじみ)の心地(ここち)は**さはやか**に、いささかものおぼえて見回したれば、一人見(ひとりみ)し人の顔はなくて

訳文↓浮舟は、住んでいた場所、自分の名前ですら、はっきりと思い出せない。ただ、死のうと覚悟を決めて身を投げたはずだ。

住みけむ所、誰(たれ)といひし人とだに、たしかにはかばかしうも覚えず。ただ、我は、**限り**とて身を投げし人ぞかし。

うとましげ：薄気味悪い
わたり：あたり、付近
広ごる：広がる、拡大する
変化：神仏が人間の姿でこの世に現れること、動物が姿を変えて現れること、妖怪、化け物
憎し：癪に障る、いやだ
正身：自身、当人
さはやか：気分がすっきりしている様子、はっきりしているさま
限り：最後、果て、臨終

54 夢浮橋（ゆめのうきはし）

女性として自分の道を切り開く

あらすじ

薫は横川（よかわ）の僧都（そうず）のもとを訪れ、出家した身元不明の女性について、あれこれ尋ねました。そして、浮舟（うきふね）が助けられたいきさつや、出家について聞いた薫は、涙を流しながら浮舟に会わせてほしいと僧都に頼みます。僧都は浮舟を出家させてしまったことを後悔しましたが、薫を浮舟のところに連れて行くのは断りました。そこで翌日、薫は浮舟の弟、小君（こぎみ）に手紙を持たせ、浮舟のもとへ向かわせます。

ところが、浮舟はかたくなに自分のことを知られたくないと言い、弟にすら会おうとはしません。薫の手紙への返信も書きませんでした。浮舟に何もかも拒絶された薫は、ショックを受けます。そして、かつて自分が宇治で彼女を囲ったように、浮舟はどこかの男のもとにいるのではないかと疑い、心が乱れるのでした。

主な登場人物

薫 28歳

匂宮 29歳

浮舟 23歳

齋藤流物語のポイント

いよいよ最終巻「夢浮橋」です。浮舟は、薫から会いたいと伝えられますが、それをきっぱりと断ります。**これまでの人に左右される浮舟と違い、心は揺るがず、強い女性へと変身した**のです。それでも薫は、あの浮舟が自分に会わないわけがない、誰かが浮舟をかくまっているのだと都合よく考えます。ところが、それに続く紫式部の答えは意外なものでした。

「とぞ、本に侍（はべ）める」

もとの本には、こう書かれてありますよ、という意味です。かなり独特ではありますが、物語の行方を読者に委ねているあたり、さすがとしか言いようがありません。**最後の最後まで作者の感性とテクニックを味わえる、まさに世界的な文学作品の大団円**と言えるでしょう。

この日本語に注目！

訳文↓（浮舟の弟、小君は）「わざわざ私が来た証しに、何かお返事がいただけませんか。たった一言でもおっしゃっていただければ」と言うと、妹尼は「ごもっとも」などと言って、これこれです、とそのまま伝えるが、浮舟は何も言わない

「わざと奉れさせ給へるしるしに、何ごとをかは聞こえさせむとすらむ。ただ一言を宣はせよかし」など言へば、「**げに**」など言ひて、「かくなむ」と、**うつし**語れども、ものも宣はねば

訳文↓薫は、いまか、いまかと待っていたが、小君は要領を得ないまま戻って来たのでがっかりしてしまい、かえって宇治へやらないほうがましだったと、いろいろ考えてしまった。誰かが浮舟を囲っているのかもしれないと、薫は思いつくあらゆる状況を想定し、自分がかつて浮舟を宇治に放置した経験からそう思い至ったと、もとの本にあるそうだ。

いつしかと待ちおはするに、かく**たどたどし**くて帰り来たれば、**すさまじく**、**なかなか**なり、と、おぼすことさまざまにて、人の隠し据ゑたるにやあらむ、と、わが御心の思ひ寄らぬ**隈なく**、落とし置き給へりし習ひに、とぞ、本に侍める。

げに：（同調する意を表し）いかにも、ごもっとも

うつす：まねる

いつしか：早く、いつになったら

たどたどし：はっきりしない、心もとない

すさまじ：興ざめである。「ものすごい」「激しい」という意味もありますが、基本は不快感を表す言葉でした

なかなか：中途半端だ、かえってしないほうがましだ

隈なし：すみずみまで

おわりに――1000年以上並ぶもののなき奇跡の物語

ここまで読まれて、いかがだったでしょうか。

紫式部がすごいのは、自分ひとりの力で架空の王朝、いわば平安朝の「パラレルワールド」をつくり上げたことです。

500人にも及ぶ人物の心理描写、あるいは台風、自然などの情景描写が非常にこまやかなうえ、物語の骨格はきわめてしっかりしています。ふつう、これだけの長さで、これだけの人物が出てくると、人物相関、ストーリーなど、どこかで破たんしそうなものですが、「あれ？」と思わせません。それも、紫式部の恐ろしいほど高い文才あってのことなのです。

そのうえで、「政治権力」と「恋愛」という、人間にとって〝最上位の戦い〟を物語の舞台に選んでいるわけですから、面白くないはずありません。

そして、もうひとつ『源氏物語』の特徴は、いまふうに言えば〝ジェンダー〟です。

本文の「コラム⑥」でも書いたように、『源氏物語』は「女性による女性のための物語」といえます。ただし紫式部は、女性が弱くて男性が強い、男性が悪くて女性がいい、などというように一方的に断罪しません。

こちらも本文で触れたように、紫式部は男性の学問であった漢学を父から学んでいます。そして、その父をとても誇りに思っていました。と同時に、結婚、出産、そして女房としての宮仕えと、女性としての仕事も当然こなしてきたわけです。

そうした当時としては珍しい経歴から得たであろう、男性、女性、双方の視点、いわば「男女両眼視」から物事をクールに、一歩引いて客観的に見ているところに、この作品のもうひとつの魅力があると思います。

あれから1000年、『源氏物語』を超える作品は出てきたのでしょうか。あるいは、紫式部を凌駕(りょうが)する作家、女性作家はいたのでしょうか。後者に関して強いて挙げるなら、おそらく明治時代の与謝野晶子、樋口一葉が、近いような気がします。

このようにテーマ、プロット、ディテール、そして作家性ともに、世界最高峰の文学作品、1000年以上にわたり色あせない「奇跡の王朝絵巻」を味わい、自分のなかに取り込まないと、日本人として本当にもったいない。

本書が、その最初のきっかけになったのでしたら、本当にうれしい限りです。

最後に、さらに『源氏物語』を読んでみたいと思った方のために、現代語訳のオススメ作品を紹介します。

林望さんの『謹訳 源氏物語』（祥伝社）は、原文の香りをとどめた非常にスタンダードな訳だと思います。**大塚ひかりさんの『大塚ひかり全訳 源氏物語』**（ちくま文庫）は、視点が非常にいいですし、読みやすい作品です。

それから、先ほど名前を挙げた**与謝野晶子**の訳は、何と言っても、あの与謝野晶子ですから格調高く、わかりやすい。一方、**谷崎潤一郎の『潤一郎訳源氏物語』**（中公文庫など）は、古文の雰囲気も味わえる、まさに「谷崎作品」に仕上がっています。

他にも**瀬戸内寂聴さんの『源氏物語』**（講談社文庫）や、独り語りだと**橋本治さんの『窯変源氏物語』**（中公文庫）なども読みやすいでしょう。ちなみに、私が愛読したのは**田辺聖子さんの『新源氏物語』**（新潮文庫）。これは、現代語訳というより完全に小説です。ですから、とりあえずストーリーを追いかけたいという人には、ピッタリなのではないでしょうか。

それと、もちろん忘れてはならないのは、**大和和紀さんの不朽の名作漫画『あさきゆめみし』**（講談社）です。

いずれにしても、まずは手に取ってみて、自分の感覚に合うものにトライしてみてください。

２０２３年　10月

齋藤孝

【参考文献】

『源氏物語』（各巻、岩波文庫）
『新潮日本古典集成 源氏物語』（各巻、新潮社）
『源氏物語 付現代語訳』（各巻、角川ソフィア文庫）
『源氏物語 感覚の論理』（三田村雅子、有精堂出版）
『源氏物語 解剖図鑑』（佐藤晃子、エクスナレッジ）
『源氏物語 ビギナーズ・クラシックス 日本の古典』（角川ソフィア文庫）
『全訳 源氏物語』（与謝野晶子、角川文庫）
『新源氏物語』（各巻、田辺聖子、新潮文庫）
『紫式部日記 現代語訳付き』（角川ソフィア文庫）
『三省堂 全訳読解古語辞典』（小池清治編、三省堂）
『学研全訳古語辞典』（金田一春彦・小久保崇明、学研プラス）

著者略歴

齋藤孝(さいとう・たかし)

1960年、静岡県生まれ。明治大学文学部教授。東京大学法学部卒業。同大学院教育学研究科博士課程等を経て、現職。専門は教育学、身体論、コミュニケーション論。『身体感覚を取り戻す』(NHK出版)で新潮学芸賞受賞。『声に出して読みたい日本語』(草思社)がシリーズ260万部のベストセラーになり日本語ブームをつくる。『心を燃やす練習帳』『「一生サビない脳」をつくる生活習慣35』『こどものための道徳生き方編・学び方編』『すぐ使える！ 四字熟語』(以上、ビジネス社)、『超AI時代の「頭の強さ」』(ベストセラーズ)、『心を熱くする スラムダンクの言葉』(きずな出版)、『ふわふわとちくちく』(日本図書センター) など著書多数。NHK Eテレ「にほんごであそぼ」総合指導、フジテレビ「全力！ 脱力タイムズ」「イット！」等、TVコメンテーターとしても活躍中。

役立つ情報発信中 X (旧ツイッター) アカウント：@saitomethod

編集協力：安田ナナ

源氏物語に学ぶ美しい日本語

2023年11月1日　第1版発行

著　者　齋藤 孝

発行人　唐津 隆

発行所　株式会社ビジネス社

〒162-0805　東京都新宿区矢来町114番地　神楽坂高橋ビル5階

電話　03(5227)1602(代表)

FAX　03(5227)1603

https://www.business-sha.co.jp

印刷・製本　株式会社光邦

カバーデザイン　HOLON

本文組版　茂呂田剛 (M&K)

営業担当　山口健志

編集担当　大森勇輝

ISBN978-4-8284-2563-4